Kakerlakenkind

AF210756

Nadine Morgenbrink

Kaker-
laken-
kind

Roman

Herstellung und Verlag: BoD - Books On Demand,
Norderstedt.
ISBN: 9-783833-491795

…how many times can a man turn his head, and pretend he just doesn't see?
(Bob Dylan)

Prolog

Kagabo saß einfach nur still da und ließ den Blick schweifen. Julian gurrte im Kindersitz friedlich vor sich hin und erweckte nicht den Anschein, als habe ihn die lange Reise aus der Ruhe gebracht. Zweiundzwanzig... Zweiundzwanzig. Immer wieder kam Kagabo derselbe Gedanke. Zweiundzwanzig Jahre war es her. Fast ein Vierteljahrhundert. Erkannte er etwas wieder? War das Heimat? War es Fremde? Es war grüne Stille, die ihn umgab. Und der Blick an den Horizont... der versprach endlos weite, grüne Stille.

Almuth war ein paar Schritte den Weg hinabgestiegen. Man hörte sie mittlerweile im hohen Gras rascheln. Sie sah zwischen den hohen Gräsern hindurch und winkte den beiden. *Doktor Kagabo Rukundo*, dachte sich Almuth, *das hat doch Zukunft.*

Julian drehte sich sachte von einer Seite zur anderen, dann schlief der fünf Monate alte Junge wieder ein. Kagabo fühlte sich müde und aufgekratzt zugleich. Es hatte ihn so unendlich viel Kraft gekostet diese Reise zu unternehmen. Aber Almuth wollte alles wissen, war so liebenswürdig neugierig. Immer wieder hatte sie gesagt: *Es sind über zwanzig Jahre vergangen, Schatz!* Aber auch zweihundert Jahre konnten verge-

7

hen, der Schmerz, die Leere, das Gefühl der Einsamkeit und Angst, sie alle blieben wie eine bleischwere Weste auf seiner Haut, die er zu tragen hatte - ein Leben lang.

Almuth war den kleinen Hügel wieder heraufgestiegen, nahm neben ihrem Mann Platz auf dem Stein am Straßenrand und ließ den Blick ebenfalls in die Ferne schweifen. *Dieser Sonnenuntergang ist wahnsinnig schön,* bemerkte sie. *Blutrot, wie sie versinkt,* fügte sie unbedacht an.

Kagabo stand auf. *Blutrot, Schatz! Genau das ist es. Für dich ist es Urlaub, für mich wie Folter. Eine Rückschau in eine lang verschlossene Kiste. Deckel zu, Schnalle drum herum. Aber das geht alles nicht so einfach. Wenn man die Schnalle löst und den Deckel hebt, dann liegen all diese beschissenen Kindheitserinnerungen da immer noch drin in der Kiste. Die bleiben. Zweiundzwanzig Jahre, zweihundertzwanzig Jahre, immer, immer, immer. Auch wenn ich mich an nichts Konkretes mehr erinnere. Ich weiß, was war und ich weiß, wer fehlt.*

Almuth legte ihrem Mann einen Arm um die Schulter, streichelte ihm vorsichtig sanft über die Wange und meinte mit ruhiger Stimme: *Ich weiß doch.* Dann sahen sie sich beide schweigend den Sonnenuntergang an und genossen den Anblick des friedlich schlafenden Kleinen, der von all dem keine Ahnung hatte.

I

Im Krankenhaus hatten sie ihn nie schief angesehen. Auch an der Universität in München hatte er nie Rassismus erlebt. Und zuvor in der Schule? Es gab etliche Schwarze an seiner Schule. Die meisten von ihnen kamen aus Togo oder Nigeria. Wenn er als Jugendlicher gefragt wurde, woher er komme, hatte Kagabo immer *München* gesagt. Eine andere Heimat hatte er nicht - nicht mehr. Seine wahre Herkunft hatte er oft geleugnet. Dieses schwarze Loch der Seele wurde ausradiert. Was nicht zu erinnern sein sollte, galt es zu leugnen. München, Hasenbergl, Blodigstraße. Das war seine Heimat. Gleich um die Ecke ein Park, dahinter seine Schule.

Als Kinder hatten sie im Park Fußball gespielt. Ahmet, Niko, Milorad, Fuchsi, der eigentlich Fabian Fuchs hieß, Phu, ein Junge aus Vietnam und sein bester Freund Tarkan. Im Hasenbergl war die Welt zu Hause. Da fragte man nicht nach der Herkunft. Und wenn, die Antwort *München* reichte vollkommen aus. Da fragte man, wo man sich treffen konnte um eine Runde auf dem Computer zu spielen. Da war angesagt, wer ein Skateboard mit anschleppte. Egal, ob die Eltern aus Griechenland, der Türkei, Togo oder aus Vietnam kamen. Eines hatten die Kinder meist gemeinsam: Die Alten arbeiteten hart, denn es waren fast alles Migranten, die als Gastarbeiter kamen und viele Stunden für ihr Auskommen schuften mussten. Tarkans Vater war bei einem kleinen Laden angestellt. Er war schon früh morgens außer Haus um in der Großmarkthalle einzukaufen. Nikos Mutter hatte sich vom Vater getrennt. Der war ein *schlimmer Kerl*, wie Niko immer sagte, obwohl er seinen Erzeuger nur von Erzählungen der Mutter her kannte. Nikos Mutter, Barbara Greilinger, arbeitete bei einem Friseur in der Innenstadt. Auch sie war früh bis spät auf den Beinen. Wenn es wegen Niko Ärger in der Schule gab, sagte sie oft nur: *Bub, mach mir keinen Ärger! Wenn es mir zu arg wird, schicke ich dich zu deinem Großvater.* Sepp Greilinger war ein alter, knorriger Mann und der hatte irgendwo im Erdinger Hinterland ein riesengroßes Grundstück. Dort musste Niko immer wieder mal ein paar Tage in den Ferien bleiben, wenn Barbara Greilinger mit einem Verehrer wenigstens drei ungestörte Nächte in der kleinen Wohnung verbringen wollte. Das war dann ihre Art des Urlaubs. Sepp Greilinger war schnell gereizt und konnte mit einem Kind in Nikos Alter nicht umgehen. Er wurde wütend, wenn Niko nicht kochen wollte, was der aber überhaupt nicht konnte. Er schrie Niko sofort an, wenn der fernsehen wollte und nannte ihn *undankbar*. Einmal durfte Niko während der Ferien einen Freund mitnehmen. Und er entschied sich für Kagabo. Der hatte Zeit und war immer gütig. Opa Sepp empfing den Freund mit: *Einen Neger hast mitgebracht!* Aber an der Art und Weise wie er es sagte, merkte man, es war noch nicht einmal ablehnend gemeint. Kagabo knackte den Alten, denn er konnte kochen und hatte früh schon gelernt mit anzupacken. Es machte ihm Spaß auf dem Hof im Erdinger Hinterland Holz zu hacken und abends kochte er für den Alten, Niko und sich irgendwas Afrikanisches. Wer nun gedacht hatte, Sepp Greilinger würde sich dessen erwehren und auf Bratensülze, Wurstsalat oder Grießnockerlsuppe bestehen, der irrte. Der würzige Fleischspieß auf dem Grill, die Soße und das gekochte Gemüse hatten es dem Alten angetan. *Wir haben im Krieg in Nordafrika immer solche Sachen gegessen...* Dann begann er lange Geschichten von Feldzügen und *dem Irrsinn damals*. Kagabo musste schlucken, denn vom Irrsinn hätte er so viel zu erzählen gehabt. Aber er war einfach nur der Schwarze aus der Blodigstraße. Mehr nicht. Alles andere blieb tief in der Kiste verdeckt und die Schnalle gut und fest verschlossen.

Die Zeit verging so schnell und sie war so abwechslungsreich, dass Kagabo kaum Zeit gehabt hatte, nachzudenken. Onkel Yves und Tante Mutesi waren stolz auf den Zögling. Yves selbst war der ganze Stolz des Großvaters gewesen. Ein fleißiger Bursche. Ihn hielt nichts auf dem Land. Raus, das Leben in der Stadt entdecken. Lernen! Freiwillig alles in sich aufsaugen. Das ging in der kleinen Schule am Hügel nicht, denn dort gab es kaum Bücher und die Kreide auf der Tafel kratzte. Man musste in die Stadt. Und auch da war Yves dann der Beste in seiner Klasse. Nach der Schule wollte er studieren. *Geh nach Frankreich!* sagte sein bester Freund immer. *Aber geh nicht nach Belgien, die haben unser Land verraten,* plapperte der Freund seinen Vater nach. Yves ging weder nach Frankreich noch nach Belgien. Er ging nach Deutschland. *Waren ja auch einmal unsere Kolonialherren!* erklärte er seinem Kumpel als er stolz das Visum im Pass kleben hatte. Statt zu studieren und ein wichtiger Chemiker, Biologe oder Botaniker zu werden wie er das immer vorgehabt hatte, musste Yves eine Ausbildung machen. Er musste rasch zu Geld kommen. Er war fleißig – wie er es schon zu Hause gewesen war. Brachte es zum Meister. Keiner installierte Wasserleitungen schneller und ordentlicher als Yves. Keiner gestaltete schönere Bäder als Yves. Er holte seine Verlobte nach. Mutesi lernte auch schnell deutsch und ging ebenfalls arbeiten. In einem Getränkemarkt. Es war eine beachtliche Leistung die ganzen bayerischen Biersorten aussprechen zu lernen, wenn man eigentlich nur selbst gebrautes Bananenbier kannte. Yves und Mutesi blieben ohne Kinder. *Gott hat uns in dieses wundervolle Land gehen lassen, aber dafür keine Kinder geschenkt,* beklagte Mutesi immer wieder. Dass das Schicksal ihnen eines Tages den Sohn von Yves' Bruder Jean Baptiste als Pflegekind zutragen würde, daran dachten sie nach der Hochzeit nicht im Leben und haderten gewaltig mit dem Schicksal der Kinderlosigkeit.

*

Kagabo hatte seine beste Hose angezogen und Mutesi hatte auf ein dunkelblaues Sakko bestanden, das sie eine Woche zuvor in der Innenstadt gesehen hatten. Vor der Turnhalle der Schule standen sie alle und warteten auf den Einlass. Fuchsi, wie immer unbequem und gegen den Zeitgeist. Ohne Anzug, ohne schicke Klamotten, in Jeans und weißem T-Shirt. *Ist nur ein Zeugnis,* sagte er. Die anderen waren alle fein gestylt. Wie man das im Jahr 2001 so hatte. Die Jungs in Anzügen, die samtig glänzten und die Damen in langen oder kurzen Kleidern. Die Mädels hatten sich ordentlich poliert. Samira, auf die hatte Kagabo ein Auge geworfen. Aber die eingebildete Schnepfe hatte ihn schon während der letzten beiden Schuljahre abblitzen lassen. Würde also auch am allerletzten Tag nichts werden mit einem Anbandeln. Trotzdem schielte Kagabo im blauen Samtsakko ab und an zu ihr rüber und bestaunte unverhohlen das rote Kleid mit den ewig langen Beinen.

Yves und Mutesi nahmen in der letzten Reihe Platz. Auch sie hatten sich fein angezogen. Es war schließlich ein freudiger Tag. Lange gab es nichts vergleichbar Erfreuliches mehr. Erst sprach der Direktor. Es war ein älterer, weißhaariger Mann, gütig, freundlich und witzig. Er sprach von Chancen, die es zu nutzen galt, Leistungen, die erbracht worden waren und Hoffnungen, die erfüllt werden mögen. Die Schülerinnen und Schüler hörten mit halbem Ohr zu, waren in Gedanken schon auf der Party, die nach der offiziellen Feierlichkeit stattfinden würde. Irgendwo in der Stadt, weit weg von den Lehrern und Eltern.

Kagabo nahm sein Zeugnis entgegen. Gemocht hatte er seine Klassenlehrerin schon, aber dass sie ihn nun vor allen umarmte und lauthals ins Mikrophon trötete, wie stolz sie doch auf *ihren Kagabo aus Afrika* sei, das nervte ihn schon gewaltig. Stolz allerdings war er dann auf die Urkunde und den Gutschein, den er bekam - als Jahrgangsbester.

Weißt du, Niko, sagte Kagabo zu seinem Freund, der den Realschulabschluss nur mit Ach und Krach geschafft hatte, *ich hab nie wirklich gemerkt, dass das Lernen harte Arbeit für mich ist. Es ist einfach so, ich mache es gern. In Ruanda waren die Kinder so stolz und glücklich, wenn sie in die Schule durften. Das ist mir wohl geblieben.* Niko schüttelte ungläubig den Kopf. *Die spinnen schon ein bisschen da unten in Afrika,* fügte er dann an. Und dann lachten beide, ihre Abschlusszeugnisse in der Hand.

Als Kagabo an diesem Abend nach der Party sehr spät nach Hause kam, war die Hölle los. Er war betrunken. Das erste Mal in seinem jungen Leben war er sturzbesoffen. Fuchsi hatte ihn abgefüllt und er wollte den Mädels imponieren. Es war kurz nach Mitternacht. Um Mitternacht hätte er zu Hause sein müssen. *Keine Widerrede!* hatte Onkel Yves gesagt und ihn streng angeblickt. Da hatten sie im Halbrund vor Yves und Mutesi gestanden - Fuchsi, Tarkan, Niko und Kagabo - und hatten um Ausgang gebeten. Mitternacht! Und nun zeigte die Uhr an der Wand: Null Uhr Siebzehn. Yves stand in seinem Schlafanzug im Flur, hatte seine Lederlatschen angezogen und den Finger drohend in die Luft gereckt.

Und dann auch noch besoffen! Schämen solltest du dich! Du bist nicht mehr zu retten! Kaum einen Abschluss in der Tasche, säufst du dich zu! Ich bin enttäuscht von dir, Kagabo!

Dann kehrte er schimpfend um und ließ den Jungen stehen. Trotz des Alkohols, der den frisch gebackenen Absolventen umströmte, merkte Kagabo, dass er den Onkel gekränkt und verletzt hatte. *Es tut mir leid,* stammelte er noch.

15

Da war Yves aber schon wieder im Türrahmen zum Schlafzimmer und machte auch keinerlei Anstalten, sich noch einmal zu Kagabo umzudrehen. An Mutesi gerichtet sagte Yves: *Eine Schande für unsere Familie* und *Seine Eltern würden sich für ihn schämen.*

Diese beiden Sätze trafen Kagabo ins Mark. Er, eine Schande! Er, Anlass dafür, dass seine geliebten Eltern - Maman, Papa! - sich schämen hätten müssen! War es doch ein unausgesprochenes Versprechen gewesen, ihnen nie eine Schande zu sein.

Müde und mit dröhnendem Kopf, Übelkeit in sich aufsteigen spürend, ließ sich der angetrunkene Kagabo auf sein Bett fallen. Bevor er einschlief, flossen schwere, salzige Tränen in sein Kissen. Alte Bilder durchfuhren seine Gedanken. Die verbannte Kiste der Erinnerungen an die frühe Kindheit war geöffnet, einen Spalt breit nur, nur kurz und dennoch klar genug um ihn mit traurigen Bildern zu verfolgen. Maman! Papa! Jean Baptiste, geliebter großer Bruder!

II

Der Chefarzt war ein fröhlicher, älterer Mann, der ein klares Französisch sprach, bei dem auch Almuth einiges verstand.

Ich freue mich sehr, Sie beide bei uns zu haben, sagte er und schüttelte Kagabo zuerst und dann Almuth die Hand. *Gerne zeige ich Ihnen unser Haus.* Er sprach das so aus, als sei die Krankenstation in der Provinzstadt ein Viersternehotel. Stolz schwang in seiner Stimme mit als er von *seinem Hospital* sprach. Kagabo sah sich um. Vergleichbar mit der deutschen Klinik, an der er arbeitete war hier wenig. Die Betten standen klapprig in schäbigen Zimmern, Farbe blätterte von der Wand. Penetranter Geruch nach beißendem Desinfektionsmittel in der Luft. *In den Operationssaal können wir gerade nicht, dort wird gearbeitet,* fügte Chefarzt Doktor Fabien Gasana an. *Wir haben hier zwei Brutkästen für Frühchen, keine Selbstverständlichkeit,* zeigte er den beiden Gästen die Kinderabteilung. Für den Kinderarzt Kagabo war das besonders interessant.

Almuth war sich nicht sicher, ob sie das eben Gesehene nun abschrecken sollte oder ob sie es als für hiesige Verhältnisse ganz fortschrittlich verbuchen konnte. Sie kannte die früheren Zustände nicht.

17

Ihr Mann stand mittlerweile mit Doktor Gasana vor der Türe eines der kleinen Gebäude. Darin lagen zwei ältere Damen, die sich aufgeregt unterhielten. Sie schienen nicht so krank zu sein, dass sie nicht lauthals lachend miteinander reden hätten können.

Doktor Gasana sprach nun auf Kinyarwanda mit Kagabo. Almuth gesellte sich dazu, blieb aber einige Schritte abseits und ließ ihren Blick über den weitläufigen Garten schweifen.

Sie merkte, dass Doktor Gasana langsam sprach und Dinge wiederholte. Dem Gesichtsausdruck ihres nachdenklichen Mannes zufolge schämte er sich, dass er die Sprache seines Vaters nicht mehr richtig verstand. Almuth trat wieder nahe zu den beiden heran und der freundliche Chefarzt wechselte ins Französische. Nachdem Almuth bei zwei Fachbegriffen auf Deutsch nachfragte, wechselte Doktor Gasana noch einmal die Sprache und bat um Verzeihung, dass er nicht gleich Englisch mit den beiden deutschen Gästen gesprochen hatte. So setzten sie ihre Unterhaltung auf Englisch fort. Zu Hause in München sprachen Yves und Mutesi in der Zwischenzeit fast immer Deutsch und so hatte Kagabo genügend Zeit gehabt, Kinyarwanda fast zu verlernen.

Die Krankenstation bestand aus mehreren Gebäuden. Es wirkte alles neu und dennoch sehr einfach. In der Nase hatte Kagabo immer noch den Geruch des Desinfektionsmittels, wenngleich sich dieser hier im Garten des Hospitals mit dem süßlichen Duft betörender Blüten mischte.

Doktor Gasana war sehr erfreut, dass ein deutscher Kollege das Hospital besichtigte. Der junge Kinderarzt wäre genau das Richtige für seine Krankenstation. Aber er würde ihn nicht zum Bleiben überreden können. Das Geld reichte hinten und vorne nicht, um ihn zu bezahlen. Kagabo hatte Familie, eine deutsche Frau und ein süßes kleines Kind. Julian hatte Doktor Gasana zweimal lieb angestrahlt und somit den zweifachen Großvater sofort von sich überzeugt.

Die Distriktregierung würde nicht mehr für den Arzt aufwenden als für jeden anderen Arzt auch. Aber er musste es versuchen. Er lud Kagabo und Almuth zum Essen zu sich nach Hause ein.

Wann werden Sie wieder nach Deutschland reisen? wollte er wissen und vermied damit zu sagen, *nach Hause reisen*, denn wo war für Kagabo letztendlich das Zuhause? *Kommen Sie zwei Abende zuvor zu meiner Frau und mir zum Abendessen in unser Haus. Wir würden uns rie-*

sig freuen. Kagabo wollte die Einladung erst nicht annehmen. Almuth aber willigte ein und freute sich.

Vor dem Krankenhaus fragte sie Kagabo, warum er so gezögert hatte. Er legte den Kopf ein wenig auf die Seite, fuhr sich durch die krausen Haare und überlegte. *Schatz, für mich ist das alles so fremd und vertraut zugleich. Ich fühlte mich überfordert. Wir wollten uns ein Krankenhaus ansehen, aber dass der Arzt uns gleich einlädt, das war mir etwas zuviel.*

Wieso zuviel? Er hat uns nur zum Essen eingeladen!

Ich weiß doch, aber ich brauche scheinbar noch Zeit, mich wieder auf dieses Leben hier einzulassen. Es kommen so schrecklich viele Erinnerungen in mir hoch. Wir wollen das Land bereisen, wir wollen die Gorillas sehen. Daher war ich mir nicht sicher, ob ich mich auch noch von dem Chefarzt einladen lassen wollte.

Almuth schüttelte den Kopf: *Ich verstehe deine Sorgen, aber das kriegen wir hin! Ich verspreche dir, wenn du dich zu sehr unter Druck gesetzt fühlst, sagen wir Doktor Gasana einfach wieder ab!*

Nein, jetzt gehen wir hin! konterte Kagabo und versuchte dabei nicht trotzig zu wirken.

Almuth hatte den eisigen Blick in Kagabos Augen bemerkt. Irgendetwas musste ihn an der Einladung gestört haben, aber sie konnte sich nicht vorstellen, was es war.

Sie trugen Julian abwechselnd auf dem Arm, denn der kleine Kinderwagen ließ sich auf den Straßen Gisenyis schlecht schieben.

Mittags aßen sie in einem schönen Lokal am Strand des Kivus-Sees, der verträumt unterhalb der Restaurant-Anlage lag. Alles wirkte friedlich und leicht. Auf einer aus Stein errichteten Sitzbank lagen bunte Stoffkissen, darunter stand ein kleiner Tisch aus Holz. Idyllisch - so konnte man die Atmosphäre am See beschreiben. Ein Boot in der Nähe, davor Menschen, die Waren feilboten. Rot glänzten Tomaten, die man selbst aus der Ferne noch erkennen konnte. Almuth sog die Szenerie in sich auf, ihr gefiel es, dem Treiben zuzusehen. Afrika! So hatte sie sich das Leben hier vorgestellt. Die tiefen grauen Furchen, das blutrote Trauma, dies blendete sie aus, denn sie konnte all das nicht wirklich erfühlen. Almuth war Touristin.

Aber sie hatte es gespürt, wie sich Kagabo verändert hatte die letzten Tage vor der Reise. Beim Check-in am Flughafen gab es Probleme mit dem Gepäck. Keine große Sache... Aber der sonst so besonnene Doktor aus München wurde zu einem ungeduldigen, aggressiven Mann, der den türkischen Angestellten anfuhr – wegen einer Kleinigkeit. Es ging um den Kinderwagen und die Frage, wie man beim Umsteigen in Istanbul wieder an das gute Stück kam. Nichts Weltbewegendes, aber für Kagabo Auslöser eines Anfalls von plötzlicher Aggression. Almuth hatte den sonst so sanften Mann in die Arme genommen, ihn zart am Oberarm gekniffen und gesagt: *Liebling, wenn jemand nicht versteht, warum für dich dies eine schwierige Reise ist, dann dieser arme Mann am Schalter.* Kagabo hatte tief Luft geholt, schob den Rucksack mit dem Babysachen auf die Seite und sich bei dem Angestellten entschuldigt. Dieser nickte etwas betrübt und meinte lapidar: *Schon in Ordnung.*

Nach der Landung in Kigali mitten in der Nacht war es so als würde Kagabo heiße und kalte Wechselbäder nehmen, die sich ebenso rasch auf sein Gemüt legten. Mal war er gelöst, locker und deutete aufgeregt auf Gebäude, Läden, Menschen und Tiere. Dann wieder saß er zusammengesackt in dem gemieteten Wagen und schwieg ewige Augenblicke trübsinnig vor sich hin, dass Almuth Angst und Bange wurde. Mit ihrem Fahrer sprach er nur wenig und wenn auf Englisch, vermied seine Muttersprache Kinyarwanda so gut es ging.

*

Ein freundlicher Kellner brachte das Essen. Es gab gegrilltes Hühnchen mit Reis, Kartoffeln und verschiedenen Gemüsesorten. Es roch betörend gut. Dazu orderte Kagabo eine scharfe Soße. *Die, Schatz, gibt es nur hier bei uns...* Sofort merkte er selbst, was er eben gesagt hatte: bei *uns*! Da war also doch noch ein Gefühl der Heimat in ihm, eine innere Verbundenheit trotz der ewigen Zeit seiner Abwesenheit.

Nach ein paar Augenblicken kehrte der Kellner zurück mit einem Fläschchen, das aussah wie Augentropfen. Darin befand sich ein teuflisch scharfes Öl aus Piri-Piri-Schoten. Zwei Tropfen reichten Almuth über dem Reis und sie hatte das Gefühl die örtliche Brauerei in Gisenyi leer trinken zu müssen oder sich im Kivu-See vom Brennen in ihrem Mund zu befreien. Sie beließ es mit einem *Das ist ja höllisch* und gönnte Kagabo den Triumph. Auch zu Hause in München aß er gern feurig-scharf, was Almuth manchmal zur Verzweiflung brachte, wenn er kochte.

Hast du dieses Zeug schon als Kind gegessen? wollte sie von Kagabo wissen. *Ich vermute schon, sonst würde ich mich weder an den Namen* Akabanga *erinnern, noch hätte ich den Geschmack auf der Zunge gehabt, als ich nur daran gedacht hatte.*

Almuth freute sich für ihren Mann, dass er langsam Dinge von früher wiederfand, die nichts mit dem Schrecken der Vergangenheit zu tun hatten. Etwas, das er aus der Truhe fischen konnte, ohne dass es zu Trauer, Angst und Bitterkeit führte. Dieses scharfe Piri-Piri-Zeug war vielleicht ein Anfang dafür, Ruanda heute aus einer völlig anderen Sicht zu sehen.

Almuth hatte bereits zu Hause in München versucht, Kagabo davon zu überzeugen, dass er sich in Ruanda auf die Suche nach Verwandten machen sollte. Aber er war sich mit Onkel Yves einig, dass dies nur zu unnötigem Leid führen würde. *Keiner mehr am Leben.* Das war die hoffnungslose und knappe Aussage von Yves gewesen. Schon als Kagabo noch ein Kind war hatte es das geheißen. *Alle umgekommen!* Aber Almuth und insgeheim auch Mutesi wünschten sich, dass Kagabo den Mut fasste, nach der Vergangenheit zu suchen. Nach Wurzeln zu graben. Aber dazu brauchte er den Mut, die Kraft und die Energie, die Sinnlosigkeit des Sterbens und Mordens von einst zu verkraften, ohne selbst seelischen Schaden zu nehmen. Und Kagabo wusste heute genau, dass er nicht frei war von Seelenqualen. Seit seiner Kindheit war er belastet. Nur weil Yves und Mutesi ihm eine fröhliche und beschwerte Kindheit in Deutschland ermöglichten, hatte er die Chance gehabt, erst zarte Pflänzchen des Vergessens über den Wahnsinn zu legen und dann alles zu begraben. Aber Mutter und Vater und der große Bruder, sie fehlten. Tag für Tag. Sie hatten gefehlt, als er schlechte Noten in der Schule hatte. Sie hatten gefehlt, als er ihnen voller Stolz das Abschlusszeugnis hatte zeigen wollen. Maman und der Bruder waren nicht da, als er zum ersten Mal die Freundin vorstellen wollte. Papa war nicht zu erreichen, als er stolz ein Auto startete um damit alleine zu fahren. Wo waren sie alle, als er zum ersten mal einen weißen Kittel tragen durfte und auf dem Namensschild das Wort Stationsarzt prangte?

Kagabo hatte das Vergessen und Verdrängen gemeistert, irgendwie. Er hatte während des Studiums seiner eigenen Seelenarbeit einen wissenschaftlichen Rahmen gegeben. Kinderpsychologie, Jugendpsychologie. Er wusste um die Tricks des Gehirns, um die Möglichkeiten, Dinge zu verdrängen und er war ein wahrer Meister der Verdrängung geworden. Er war Doktor Kagabo Rukundo, ein in Deutschland aufgewachsener Kinderarzt aus München - mit ruandischen Wurzeln. Aber sie waren abgetrennt. Durchschnitten. Zerfetzt, zertrümmert. Abgestorben und verkümmert. Dass Almuth das nicht akzeptieren konnte, hatte ihn zu Hause mächtig geärgert. *Was geht dich meine Vergangenheit an?* hatte er sie einmal fast angebrüllt, als sie über diese Reise gesprochen hatten. Almuth liebte ihren Mann über alles und hatte während all der Jahre des Zusammenseins immer wieder gespürt, dass Kag-

25

abo trotz der fest verschlossenen Kiste mit den Erinnerungen an die Vergangenheit immer wieder um diese Kiste neugierig herumschlich und sie beäugte. Das hatte sie ihm gesagt. *Schatz, die Vergangenheit ruhen lassen ist das eine, das Vergessen und Verdrängen das andere. Aber sich immer wieder daran zu erinnern, dass man etwas verdrängt und vergessen will, das belastet dich.* Da war der Streit auch schon vorüber und Kagabo verbarg das Gesicht hinter den Händen um nicht zugeben zu müssen, wie nahe er den Tränen war.

Almuth hatte die Initiative ergriffen. Als in der Klinik in München ein Arzt aus Uganda zu einem Austausch eintraf und man Kagabo bat, den Kollegen aus Afrika zu unterstützen, lud sie den Gast zu sich zum Essen ein. Da hatte man den Entschluss, nach Ruanda zu reisen, bereits gefasst. Almuth erzählte dem Kinderarzt aus Uganda von Kagabos Plänen. Dieser legte die Stirn in Falten und meinte: *Sie reisen zurück, das erste Mal nach fast einem Vierteljahrhundert. Kagabo, Sie werden dort zwei Möglichkeiten haben. Entweder Sie fühlen nichts als Leere in Ihrem Herzen, weil das Land nicht mehr Ihres ist. Und wo Ihre hübsche Gattin die Naturschönheit sieht, werden Sie Hass und Elend erkennen. Oder aber - und das wünsche ich Ihnen von ganzem Herzen, mein lieber Kagabo - Sie werden vom Feuer der Heimat so sehr entflammt, dass Sie für Ihre alte Heimat eine Energie entwickeln, die Sie zum*

Bleiben bewegt. Das stellt Sie beide dann auf eine ganz andere Probe.

Das beunruhigte Almuth zu diesem Zeitpunkt ein wenig. *Wir müssen ja nicht gleich für immer bleiben, denn es wäre schon meine Absicht, Julian in München groß zu ziehen. Aber Kagabo soll ein Gefühl für seine Heimat bekommen und Beziehungen aufbauen können.*

Ich stamme nicht aus Ruanda, aber auch wir in Uganda wissen, wie schwer das ist für Menschen, die das mitgemacht haben, was 1994 über Ihr Land kam, Kagabo, fügte der Kollege an und wischte sich mit der Serviette über den Mund und dankte Almuth für die Einladung. Er fuhr dem zu diesem Zeitpunkt nur ein paar Wochen alten Julian fürsorglich über den Kopf, stand auf und wandte sich zum Gehen. Dann blieb er stehen und meinte: *Wenn Sie wollen, Kagabo, dann kann ich Ihnen den Kontakt zu Doktor Gasana herstellen. Er ist ein freundlicher älterer Herr. Zur Zeit des Genozids war er in Frankreich. Er leitet heute das Hospital in Gisenyi. Er ist wie wir Kinderarzt. Wir hatten uns auf einer gemeinsamen Tagung in Mombasa kennengelernt. Danach hat er mich in Uganda besucht und ich ihn in Gisenyi. Er ist Spezialist für Hauterkrankungen und ich kenne mich ganz gut mit Bakterien aus, die den Darmtrakt befallen. Da haben wir uns immer wieder gegenseitig beraten. Er würde sich mit Sicherheit riesig freuen, wenn Sie ihn besuchen kämen.*

27

Kagabo hatte geschwiegen. Er hatte das Gefühl, ein solcher Termin könnte ihn unter Druck setzen. Aber Almuth war Feuer und Flamme. Sie hatte ja bereits den Kollegen aus Uganda nach Hause eingeladen. Sie war es nun auch, die Kagabo zu dem Treffen in Gisenyi überreden wollte. Sie selbst war neugierig auf eine Klinik in Ruanda und sie sah eine Chance, Kagabo mit Leuten aus seiner Heimat in Kontakt zu bringen, die fernab des Krieges Einblicke vermitteln konnten. Und wenn dieser Doktor Gasana 1994 im Ausland war, war er frei von all dem, was Kagabo so ängstigte. Zwei Tage später hatte Kagabo eingewilligt und war bereit, eine Mail nach Gisenyi zu schicken.

*

Nach dem Essen schlenderten sie zusammen mit ihrem Fahrer noch ein wenig durch die Stadt. Almuth versuchte ein Gefühl für das Leben der Menschen in Ruanda zu bekommen. Was war vergleichbar mit dem Leben zu Hause, was war fremd? Sie sah keine Hütten aus Reisig und Wellblech so wie sie es vermutet hatte. Die Häuser waren zwar einfach gebaut - aus Ziegel und Holz, aber die Dächer trugen Schindeln und überall gab es Strom. Sie schüttelte sich und schämte sich, dass sie davon ausgegangen war, dass ein Land wie Ruanda, das zumal von diesem schrecklichen

Genozid gepeinigt worden war, alles am Boden liegen musste. Aber bereits am Flughafen in Kigali war sie das erste Mal überrascht worden. Das Gebäude war modern und überhaupt nicht so, wie man es sich bei einem Entwicklungsland vorstellte. Und dann kam die nächste Überraschung. Keine Plastiktüten im ganzen Land! Ruanda und Tansania als Vorreiter in Sachen Umweltschutz. Das hatte Almuth tief beeindruckt. Seit der ersten Minute am Flughafen suchte sie nun nach den Müllbergen. In Afrika - war das nicht so? - lag der Dreck doch überall am Straßenrand, wurde der Müll einfach vor dem Haus abgelegt. Nichts von alledem. Sauber und ordentlich war es. Sicherlich hingen Kabel herum und wirkten die meisten Wohnhäuser ärmlich und in Almuths europäischen Augen provisorisch, aber die Menschen schienen größten Wert darauf zu legen, im Rahmen ihrer Mittel alles ordentlich und schön herzurichten. Das imponierte ihr und sie schämte sich schon wieder für die abfälligen Gedanken über das bitterarme rückständige Afrika.

Abends saßen sie beide auf der Terrasse ihres Hotelzimmers mit Blick auf den Kivu-See. In der Ferne funkelten einzelne rote Punkte. Es waren Feuerstellen, an denen die Menschen kochten. Der See lag friedlich unter ihnen und wirkte wie das Meer. *Gut viermal so groß wie Ibiza*, hatte Almuth gedacht, als sie sich in einem Reiseführer über den See informierte.

Julian lag schlafend in einer Babyschale und gurrte vor sich hin. Die Stille und die Weite des Landes ließen Almuth eine innere Ruhe spüren, wie sie sie von Deutschland her nicht kannte. Keine Eile. Keine Hektik. Gelassenheit machte sich breit. Es war eine Art Urlaubsstimmung, die sie empfand. Die putzigen Feuerstellen in der Ferne, das leise Zirpen von Insekten, irgendwo surrte ein Dieselgenerator und irgendwo anders erklang afrikanische Musik aus einem Lautsprecher.

Für Kagabo war es ein ganz anderes Gefühl. Der Kivu-See war für ihn kein Ort fröhlicher Lagerfeuerromantik. Schockstarre. Innere Panik. Enge in der Brust. Atemnot. Feuer. Und dann dieses ekelerregende Geräusche der Macheten. Danach ein gellender Schrei... Erneut Stille. *Warum hab ich das zugelassen?* dachte er bei sich. *Ich war soweit, es nicht mehr fühlen zu müssen, jetzt kommt es wieder!* ging er selbst mit sich ins Gericht.

Almuth musste Kagabos ängstliche Gedanken gespürt haben, legte ihm sanft eine Hand um die Schultern, die andere auf den Oberschenkel. *Wir stehen es durch!* sagte sie zu ihm und gab ihm einen Kuss. Dann gingen sie beide ins Zimmer und genossen den Anblick, den der ruhig schlafende Sohn bot. Unbelastet von all dem, was der Vater als Kind durchmachte, lag Julian dort und schlief tief und fest, die Augen zusammengepresst, die Hände und Beine in die Höhe gereckt. Wegen der Wärme ohne Decke. *Er darf so etwas nie in seinem Leben erleben müssen!* forderte Kagabo ein. Almuth nickte. *Was in unserer Macht steht, werden wir tun!* versprach sie ihm, wenngleich es sich für sie so seltsam anhörte. Almuth war Jahrgang 1987, ein Jahr jünger als Kagabo. Kurz vor der deutschen Wiedervereinigung in München auf die Welt zu kommen hieß in einem Nachkriegshaushalt aufzuwachsen, in dem bereits die beiden Eltern nur mehr Wirtschaftswunder und Wohlstand erlebt hatten. Umweltbewusstsein und Friedensbewegung, das waren ihre politischen Themen. Sie kannte weder wahre Angst noch echten Hunger. Ihre Gefühlsregungen schwankten in der Kindheit zwischen Neid, Eifersucht und Freude. Kindliche Leichtigkeit war ihr Begleiter bis in die späte Jugend. Während Kagabo mit acht Jahren die innere Freiheit für immer verlor, mehr oder weniger über Nacht erwachsen werden musste, durfte Almuth sich in einer Münchner Reihenhaussiedlung frei entfalten.

III

Am Tag nach der Abschlussfeier wachte Kagabo mit einem brummenden Kopf auf und wusste, dass dies ein heftiger Kater war. Zum ersten Mal in seinem Leben war er betrunken gewesen und spürte nun die Folgen. Einerseits fühlte er ein wenig pubertären Stolz auf das Erwachsenwerden, andererseits schämte er sich sehr vor Yves und Mutesi. Die beiden hatten zu Hause erlebt, wie Bananenbier die Menschen vernebelt. Und auch Kagabo wusste, was Alkohol und Drogen mit Menschen anrichten konnten. Er hasste den Geruch des lauwarmen Bananenbiers. Ab und an fühlte er ihn noch in der Nase. In der Nachbarschaft zu Hause gab es genügend Menschen, die es gebraut hatten. Dann kamen alle zusammen und feierten. Sie trafen sich um zu trinken und zu feiern. Irgendwann, daran erinnerte sich Kagabo noch gut, feierte man nicht mehr. Man traute niemandem mehr und dann verglühte das Land im brennenden Schrei der Macheten. Er hasste diese Gedanken und wusste, dass der Suff des Vorabends Schuld hatte an dieser pechschwarzen Erinnerung, die sich ihm wie eine schwere Regenwolke vor seine fröhliche Gegenwart schob.

Er stand auf und schleppte sich ins Badezimmer. Es war Samstag. Die Sonne schien hell ins Bad und das brannte in den Augen. Yves und Mutesi waren bereits außer Haus gegangen. Mutesi musste oft auch samstags arbeiten. Samstags gab es etwas mehr Lohn. Yves ging dann immer alleine den Wocheneinkauf erledigen. Ab und an traf er in der Stadt Bekannte. Sie kamen aus allen Ecken Afrikas. Aus Togo, Nigeria oder dem Sudan. Aus Ruanda kam niemand, den er kannte. In ganz Deutschland gab es keine tausend Landsleute.

Kagabo war nun ein freier junger Mann, ohne Verpflichtung zur Schule zu gehen. Das war ein gutes Gefühl. Aber Maman und Papa gegenüber hatte er eine Verpflichtung. Und seinem geliebten großen Bruder Jean Baptiste. Während er die Zähne putzte dachte er nach. Yves wollte, dass Kagabo eine Ausbildung machte um eines Tages in seine Fußstapfen treten zu können. Aber Kagabo schwebte etwas anderes vor. Anwalt wollte er werden oder Arzt. Geld verdienen, Ruhm und Ehre. Bilder aus Filmen vermengten sich mit Heldengeschichten. Aber Arzt zu werden, das hatte er sich schon als Kind vorstellen können. *Ich hab das Elend gesehen, das Kindern widerfährt, wenn der Mensch durchdreht,* dachte er sich vor dem Spiegel. *Wenn ich lerne, wie man den Menschen wieder zusammenflickt, wenn er zerhackt wird, dann kann ich helfen, das Leid zu lindern.* In diesem Moment wurde ihm bewusst, dass er die Truhe mit den schwarzen Erinnerungen doch noch einen Spalt geöffnet hielt. War der Abend zuvor mit seinen Freunden in der Kneipe ausgelassen und fröhlich gewesen, war das Erwachen aus dem Rausch ein bitteres. Kagabo entdeckte an sich eine neue Seite. Er stand schweigend vor dem Spiegel und starrte sich an. Dunkle Haut, krauses Haar. Grell weiße Zähne. Ein breites Lachen, wenn er denn wollte. In diesem Augenblick nur ein gequältes, künstliches Grinsen ohne Ehrlichkeit. Aber eine neue Kraft spürte er in diesem Augenblick. *Ich packe das!* Der Kindheitswunsch, die Wunschvorstellung war wieder da. *Ich werde Arzt! Kinderarzt. Was soll schon schiefgehen?*

Kagabo überlegte, was es nun zu tun galt. Er musste Yves und Mutesi davon überzeugen, dass er nicht wie geplant auf die Fachoberschule gehen werde, sich stattdessen auf einem Gymnasium anmelden wolle um das Abitur zu machen. Dazu musste er den Direktor seiner Schule sprechen. Wäre der seiner Meinung und könnte der Yves erklären, dass es gut wäre für Kagabo aufs Gymnasium zu gehen, hätte er gute Karten, den Onkel zu überzeugen.

Nach dem Wochenende machte sich Kagabo auf den Weg in die Schule und bat den Direktor um ein Gespräch. Der grinste und bedeutete dem Jungen, sich zu setzen. *Das ist durchaus etwas für dich! Du hast dich immer leicht getan beim Lernen.* Diese Aussage freute Kagabo sehr. Nun musste er nur noch Onkel Yves und Tante Mutesi überzeugen.

Die beiden waren anfangs wenig erfreut, hatten sie doch andere Pläne gehabt. Aber Kagabo schaffte es ganz schnell, Yves doch noch zu überzeugen. *Warum hast du Ruanda damals verlassen, Onkel Yves? Wolltest du nicht ein berühmter Biologe werden?* Onkel Yves nickte stumm. *Und war es nicht der Wunsch von Maman und Papa gewesen, dass Jean Baptiste und ich etwas aus unserem Leben machen sollten?* Erneut nickte Yves still. *Jean Baptiste kann nichts mehr aus seinem Leben machen, sie haben es ihm genommen. Ich kann noch und ich will!*

Nun brach es aus Yves heraus. Er konnte seine Trauer und seine Wut kaum mehr verbergen. Auch so viele Jahre nach dem ganzen Wahnsinn in seiner Heimat, den er im Gegensatz zu Kagabo gar nicht dort erleben musste, sondern nur aus den Nachrichten kannte, bereitete es ihm größte Schwierigkeiten an den Genozid zu denken. *Und wie Recht du hast, mein Sohn!* sagte er zu Kagabo. Er nannte ihn ab und an seinen *Sohn*, denn er fühlte die große Nähe zu ihm. Und immer wieder hatte er erkannt, wie stark dieses Kind war. Nun als Jugendlicher auf der Schwelle zum Erwachsenenalter galt es ihn noch mehr zu fördern. Und die Zeiten, in denen die Eltern bestimmen, was ihre Kinder werden oder studieren, die waren vorbei - vor allem in Deutschland, wo sie ein so freies Leben führen konnten. Noch am selben Abend eröffnete Yves beim Abendessen seiner Frau, dass er mit Kagabo ein sehr vernünftiges Gespräch geführt hatte und dass auch der Schulleiter für einen Wechsel auf das Gymnasium war. *Dann soll er in Gottes Namen studieren!* sagte Mutesi, die ohnehin wenig Widerstand geleistet hätte. *Danke, aber davor muss ich erst einmal das Abitur schaffen!* fügte Kagabo an, erfreut, dass der Weg nicht weiter verbaut war. Keiner seiner Freunde ging weiter auf das Gymnasium. Zwei wollten auf die Fachoberschule, die meisten machten eine Ausbildung.

Fuchsi und Tarkan quittierten die neue Nachricht, dass der Freund aufs Gymnasium gehen werde mit einem abfälligen *Du Strebersau!,* zollten heimlich aber durchaus Respekt, ahnend, dass aus ihrem Kumpel sicherlich mal etwas werden würde.

*

Da stand sie! Voll lebenslustiger Ausstrahlung! Hübsch und ihn magisch verzaubernd. Vom ersten Blick an. Sie saß mit drei Freundinnen im Klassenzimmer. Es war nicht seine Klasse. Leider. Aber einmal jede Woche würde er dieses Mädchen treffen - im Ethikunterricht. Und er wusste sofort, dass auf diesem Gymnasium Ethik sein Fach war. Ethik, was auch immer der Stoff war, bot die Chance, dieses Mädchen näher kennenzulernen. Ethik klang für ihn plötzlich nach langen braunen Haaren und einem offenen Lachen, nach dieser herrlich fröhlichen Stimme. Ethik war nun der Unterricht voller Schmetterlinge. Sie zappelten durchs Klassenzimmer und summten ihre Melodien. Es roch nach dem süßen Duft des Parfums, das sie trug. Und wenn sie lächelte - lächelte sie ihn an. Oder war es Einbildung? In der nächsten Stunde würde er sie ansprechen, da war er sicher. Auch wenn er zugleich unglaubliche Angst davor hatte, seine Schwärmerei für dieses Mädchen würde sofort auffliegen und sie dann kichernd das Weite suchen.

Aber Almuth war viel zu interessiert an Kagabo, als dass sie das Weite gesucht hätte. Zwar hatten sie ihre Freundinnen gewarnt. *Der kommt von der Realschule!* hieß es da. So einer hat nicht unser Niveau - sollte das wohl heißen. *Aus Afrika!* Das aber machte ihn erst richtig interessant, sowohl für Almuth als auch für ihre Freundinnen. Da galt es nachzuforschen, woher er kam und warum er hier war? Die männlichen Mitschüler bekamen das schnell mit und so war Kagabo im Ethikunterricht rasch allein. Er zu schüchtern um Almuth endlich anzusprechen. Sie zu zaudernd. Die Freundinnen auf Beobachtungsmission und die anderen Verehrer von Almuth - und da gab es genügend - waren damit beschäftigt, Giftpfeile zu versenden. Kagabo spürte die stumme Feindseligkeit von dem Moment an, da Almuth ihm ein Lächeln schenkte. Aber die Ablehnung lag nicht an der schwarzen Hautfarbe. Es lag daran, dass da einer von der Realschule kam, sich in den Ethikunterricht setzte und ganz offensichtlich für die Mädels interessant war.

Es dauerte fast das ganze erste Halbjahr bis sich Kagabo ein Herz fasste. Sogar Tante Mutesi hatte etwas bemerkt. *Du hast dich verliebt, Kagabo!* mahnte sie ihn scherzhaft, wenn Kagabo sich wieder gedankenverloren in sein Zimmer zurückzog und stundenlang lernte ohne etwas zu begreifen.

Auf dem Pausenhof rempelte sie ihn an. Unabsichtlich und ohne wirklichen Hintergedanken. In diesem Augenblick fasste er den Entschluss nach dem eben gelernten Prinzip des *Carpe Diem* diesen Tag auch wirklich zu nutzen. *Hey, das kostet dich jetzt aber was* grinste er Almuth an. Sie grinste zurück und meinte nur: *Die Nummer kenne ich schon, aber ich würde sagen, ein Eis können wir essen gehen, egal ob es wegen des kleinen Zwischenfalls war oder einfach so.*

Den Rest der Woche über brachte Kagabo nichts mehr Essbares herunter und fühlte sich wie eine aufgezogene Spieluhr, deren Uhrwerk viel zu schnell, hektisch tackend lief. Und Freitag nach der Schule wartete er wie es Generationen von Jungs getan hatten vor dem Schulhaus aufgeregt auf sein Date. Es hatte bereits vor ewig langen acht Minuten geläutet und das Gebäude leerte sich mehr und mehr. Nach ein Uhr drängten sie alle hinaus und wollten nach Hause. Wo war Almuth? Hatte sie die Vereinbarung vergessen? War es ein bitterer Scherz? Sein Herz pochte und er fühlte sich nicht wirklich wohl in seiner Haut. Ihm rann der Schweiß das T-Shirt hinab und das obwohl es im Grunde noch nicht einmal wirklich Frühling war. In der Eisdiele würde er auch kein Eis essen - viel zu kalt. Aber das war alles egal. Für Almuth, die aus der Ferne Angebetete, würde er so gut wie alles tun.

Dann stand sie plötzlich vor ihm, selbstbewusst, ohne jede Aufregung erkennen zu lassen. *Hi!* sagte sie nur. *Gehen wir?* Er nickte und sie begannen ein Gespräch, das bald in einer Einbahnstraße des Ausfragens endete. *Woher kommt deine Familie? Seit wann lebst du in München? Geschwister? Wie war das früher auf der Realschule? Ist das Gymnasium jetzt schwer? Bist du auch einer von denen, die dauernd vor dem Computerbildschirm sitzen?* Sogar die Frage: *Bayern oder 1860?* wurde gestellt. Kagabo fühlte sich völlig überfordert, wollte aber alles beantworten. Vor sich eine heiße Schokolade, den Blick dauerhaft auf dieses wunderhübsche Gesicht geheftet, traute er sich kaum, seinerseits eine Frage an Almuth zu richten. Die einzige Frage, die er in seiner wahrhaften Schwärmerei für angemessen gehalten hätte, wäre die gewesen, ob sie für den Rest ihres Lebens seine Freundin sein wollte, damit er sie immerfort anschauen konnte. Dass am Ende Almuth etliche Jahre später tatsächlich seine Frau würde und sie ein gemeinsames Kind bekommen würden, das wäre Almuth an diesem Tag nicht im Traum eingefallen und für den Jungen aus Ruanda, der im Hasenbergl die Realschule besucht hatte, war es vom ersten Moment an nur das: ein ferner, süßer Traum.

Die Augenblicke in dem Eiscafé verrannen so schnell. In Kagabos Gedanken brannte sich eine Frage fest. Wann treffe ich sie wieder? Nicht im Ethikunterricht in der folgenden Woche. Sondern allein... Er war so unerfahren und schüchtern im Umgang mit den Mädchen, dass er alle Signale, die Almuth aussandte, nicht zu deuten in der Lage war. Nach dem Zahlen musste er schon seinen ganzen Mut zusammen nehmen um *War sehr schön!* zu sagen. Almuth nickte stumm, ging neben ihm bis zur nächsten Bushaltestelle und meinte dann: *Ich muss hier einsteigen. Was hältst du davon, wenn wir nächsten Freitag mal ins Kino gehen, wir zwei?* Kagabo freute sich wahnsinnig. Sie hatte *Wir zwei* gesagt und damit ausgeschlossen, dass sie noch ihre schnatternden Freundinnen mitbringen würde. Sie wollte nur allein mit ihm ins Kino. Die nächste Woche würde eine Ewigkeit dauern, aber sie würde mit einem gemeinsamen Kinobesuch mit Almuth enden. Er nickte und sagte: *Sehr gern, das machen wir. Ein schönes Wochenende!* Dann kam der Bus und Almuth stieg ein. Irgendwie hatte Kagabo auf eine freundschaftliche Umarmung gewartet, irgendein Zeichen von körperlicher

Nähe. Aber Almuth stieg einfach in den Bus und sagte nur *Dir auch ein schönes Wochenende!* Dann schlossen sich die Türen des Busses und er fuhr davon. Kagabo machte sich glücklich auf den Weg nach Hause.

Es vergingen noch mehrere Wochen bis Almuth bei einem gemeinsamen Mittagessen in einem Schnellimbiss sich unvermittelt mit der alles entscheidenden Frage an Kagabo wandte: *Sind wir jetzt eigentlich ein Paar?* Er verschluckte sich fast. Seit dem ersten Treffen hatte er sich nichts sehnlicher gewünscht als diese Frage und war selbst doch viel zu feige, sie zu stellen. Nun aber blieb ihm fast die Luft weg, er spürte, wie er rot wurde vor Glück und Freude. *Es würde mich freuen,* brachte er hervor, stolz, nicht die Sprache seiner Kumpels aus dem Hasenbergl benutzt zu haben. Dann rückte Almuth ein Stückchen näher zu ihm heran, legte ihm ihre Hand auf den Oberschenkel und meinte: *Das ist gut, sehr gut.* Sie warf ihre braunen Haare nach hinten und drückte ihm einen kurzen, sanften Kuss auf die Wange.

Du wirst es merken, wenn es soweit ist, hatte Mutesi gesagt. Und Onkel Yves hatte ihn ein wenig vor den deutschen Mädchen gewarnt. *Ist halt doch eine andere Kultur.* Nun aber war sich Kagabo sicher, dass mit Almuth alles anders sein würde. Und aus der Rückschau gab ihm das Schicksal recht. Ihre Verbindung hielt stand. Sie blieben ein Paar auch als Almuth während des Studiums immer wieder heftige Avancen eines Verehrers abzuwehren hatte. Sie hielt auch in der Zeit stand als Mutesi plötzlich anfing Druck wegen einer Hochzeit und wegen Kindern aufzubauen, obgleich beide erst 19 Jahre alt waren und gerade das Abitur in der Tasche hatten.

Der erste gemeinsame Abend jedenfalls war ein voller Erfolg. Mutesi hatte sich in ihr schönstes afrikanisches Kleid geworfen und Yves trug Anzug. Sie wollten nicht, dass Almuth zusammen mit ihren Eltern in die Blodigstraße kam. Sie schämten sich für ihre einfache Wohnung und hatten im Wohnzimmer auch kaum den Platz für drei Gäste. Kagabo wurde aufgetragen in der Innenstadt ein afrikanisches Lokal zu suchen, das edel genug war, die Eltern von Almuth nicht zu enttäuschen. Yves selbst kannte in der Innenstadt nur ein paar Imbissläden und dahin wollte er seine Gäste nicht ausführen. Im Nordosten fand Kagabo ein Restaurant, das passte. Yves war einverstanden und man lud Almuth und ihre Eltern zu einem gemeinsamen Abendessen ein. Almuths Vater Theo war ein geselliger Mann, der Lebensfreude versprühte und durch seine weltoffene Einstellung sofort vermittelte: Wenn euer Sohn meiner Tochter gefällt, dann ist es gut so und wir werden niemandem einen Stein in den Weg legen. Yves spürte das und war sofort dankbar für diese Haltung.

Nichts hatte er mehr gefürchtet, als einen dieser Eigenbrötler, die Angst vor allem Fremden haben und einen Schwarzen nur dann Willkommen hießen, wenn er wie Roberto Blanko sang. Die beiden Männer verstanden sich prächtig und lachten schnell. Das Bier lockerte die Zungen und Mutesi fand auch bald Zugang zu Hannelore, der Mutter von Almuth. Der Abend drohte nur einmal kurz eine Wendung zu nehmen. Als Hannelore, die nicht genau wusste, was in Ruanda einst genau vorgefallen war, nachfragte und wissen wollte, wie das mit den Hutu und Tutsi denn damals so gewesen sei, bat Yves darum, an diesem Abend nicht über diese Schreckenszeit sprechen zu müssen. Hannelore wirkte etwas pikiert, akzeptierte schließlich aber doch den Entschluss und beließ es dabei. Ihr Blick aber verriet: Ein bisschen mehr hätte es sein dürfen! Dass für Yves, Mutesi und vor allem für Kagabo jedes Gespräch über die Geschehnisse von 1994 aber eine unglaubliche Belastung bedeutete, das konnte Hannelore weder ahnen noch fühlen. Ihre Tochter hatte da von Anfang an ein viel ausgeprägteres Gespür gehabt und Kagabo nichts dergleichen gefragt. Sie wusste, dass er nicht darüber sprechen wollte.

Der Ethiklehrer hatte ihn einmal gefragt, ob er ein Referat über den Genozid halten könne und er hatte heftig den Kopf geschüttelt. Das war Almuth Zeichen genug.

IV

Kagabo kämpfte mit den Tränen. Sie kamen so unvermittelt, dass er nichts dagegen tun konnte. Kurz hatte er den Eindruck, dass selbst Julian in seiner Tragetasche etwas davon mitbekam.

Der Abend war angenehm verlaufen. Doktor Gasana hatte sich sehr gefreut, dass Kagabo seine Einladung zu einem Essen angenommen hatte. Gasanas Frau Ariane hatte gekocht und das ganze Haus duftete nach Gewürzen. Der Wein tat allen gut. Almuth hatte anfangs noch den Eindruck, sie müsse ihren Mann etwas aufrütteln, denn Kagabo war der Einladung ja eher widerwillig gefolgt. Bald schon aber war er von der herzlichen Art von Fabien und Ariane Gasana so eingenommen, dass sich seine Zunge löste - und mit jedem weiteren Glas Wein noch etwas mehr.

Zwei Tage später würden er, Almuth und der Kleine wieder in einem Flugzeug nach München sitzen. Drei weitere Tage später begann sein Dienst in der Klinik wieder und der Urlaub war vorbei. Die letzten Tage in Ruanda waren für Kagabo sehr anstrengend gewesen. Er hatte es kategorisch abgelehnt, sein Elternhaus zu suchen. *Das ist viel zu lange her, ich will das nicht sehen*, sagte er. Almuth spürte seinen Widerwillen und beließ es. Die drei verbrachten einen mehr oder weniger touristischen Urlaub in Ruanda. Zwar konnten sie sich nicht die einmalige Welt der Berggorillas ansehen, weil Julian dafür noch viel zu klein war und man kleine Kinder nicht in den Regenwald mitnehmen durfte. Dennoch hatten beide die Reise genossen. Almuth war begeistert von der grünen Hügellandschaft, die rings herum das ganze weite Land umspannte wie sanft geschwungene Wellen. Teeplantagen hatten sie gesehen und Kaffeesträucher, die sich bis in die Ferne anderer Täler erstreckten.

Die Menschen wirkten auf Almuth allesamt freundlich, wenngleich auch etwas distanziert. Im Wissen, was Ruanda vor über zwei Jahrzehnten durchlitten hatte, brachte sie aber Verständnis dafür auf, dass die afrikanische Leichtigkeit, die sie von anderen Orten her kannte, hier ab und an fehlte. Die Bürde des Genozids war doch täglich spürbar.

Kagabo war genau deswegen zufrieden mit der Reise in die Vergangenheit. Die Bürde, die auch er jede Sekunde vernahm - mal als leises Klagen, mal als tosender Orkan der Seelenqual - war geringer als er es in München angenommen hatte. Nur der Besuch in einer Gedenkstätte hatte ihm alles abverlangt. Tränenreich und mit Angst im Blick war er allein umher gestreift. Almuth hatte ihren Mann alleine gehen lassen. Sie

45

wusste, dass er diese Augenblicke der stillen Einkehr und Ruhe brauchte. Es war auch ein Tag des Abschiednehmens von seiner Familie. Fast ein Vierteljahrhundert danach.

Ariane begann unvermittelt. *Kagabo, Sie sind ein junger Mann, ihre ganze Kraft nutzen Sie, um Kindern zu helfen. Helfen Sie doch den Kindern in Ihrem Heimatland.*

Kagabo begann zu husten. Er verschluckte sich an einem Stückchen Brot und merkte wie eine Enge seinen Brustkorb zusammenpresste - so als müsste er sofort tief einatmen und sich Luft verschaffen.

Auch Doktor Gasana stimmte nun ein. *Es ist kein Komplott, lieber Freund. Und wir haben uns nicht abgesprochen. Ich denke, mit jeder Faser Ihres Herzens sind Sie leidenschaftlicher Arzt. Für mich wird es Zeit an die Übergabe der Klinik zu denken. Und wir brauchen in Gisenyi einen Kinderarzt wie Sie. Einen, der frei ist von möglicher Schuld damals. Sie sind jung genug. Wissen Sie, Kagabo, ich bin Hutu und meine Frau ist Tutsi. Heute spielt das keine große Rolle mehr. Wären wir damals im Land gewesen, wären wir vermutlich beide tot. Meine Frau, weil sie Tutsi war und ich, weil ich mir nicht vorstellen kann, dass ich sie oder andere Tutsi verraten hätte. Kagabo, bleiben Sie ein wenig länger hier in Ruanda und suchen Sie nach Ihrer Vergangenheit und wenn Sie etwas finden, was Sie zum Bleiben bewegt, dann*

kommen Sie wieder zu mir. Sie werden ein offenes Haus vor-
finden und ich werde Sie in der Klinik willkommen heißen.
Sie sprechen unsere Sprache. Sie sprechen Französisch und
Englisch und Deutsch. Kagabo, Sie wären für Ruanda ein
Glücksfall, würden Sie bleiben.

Das war der Moment als Kagabo die Tränen spürte. Sie fluteten seine Augen so rasch, dass er keine Chance hatte, sie vor Almuth und den Gastgebern zu verbergen. Er ließ sie laufen, schmeckte schon nach Augenblicken den salzigen Geschmack auf der Haut und fühlte sich elend. Mehr erstickt als klar und deutlich bat er darum, einen Moment alleine gelassen zu werden und ging auf die Veranda.

Den Blick wieder auf den Kivu-See gerichtet, starrte er mit leeren Augen geradeaus. Diesmal nahm er nichts wahr. Keine flackernden Feuer auf kongolesischer Seite, nicht die zarte Melodie der Insekten, die ihr nächtliches Konzert veranstalteten. Er roch nicht den Duft des Nachtjasmins, den Doktor Gasana auf der Veranda stehen hatte und der Kagabo eigentlich hätte betören müssen. Die direkte Aufforderung an ihn, zu bleiben um doch in seiner Vergangenheit zu wühlen, hatte ihn getroffen. Es war diese seltsame Mischung aus Lob und Anerkennung für den jungen Arzt und dieses unverhohlene Rütteln an der Kiste mit den Erinnerungen, die ihn nun so hart berührte.

Ein sanfter Schmerz durchfuhr den ganzen Körper als ein stiller Gedanke an Mutter und Vater und den größeren Bruder seine Seele berührte. Da stand sie, die Mutter. Schlank und groß gewachsen. Sie trat aus dem Dunkel des Kivus hervor, lächelte den kleinen Sohn an, streckte ihm die ausgebreiteten Hände entgegen und forderte ihn mit einer stillen Geste auf, in ihre Arme zu kommen. Sie kniete nieder. Maman! Kagabo schüttelte sich um das Bild aus seinem Kopf zu vertreiben. Aber es gelang ihm nicht. In diesem Augenblick kam Jean Baptiste hinzu. Er stand wie aus dem Nichts aufgetaucht neben Maman. Sein Lachen, wie eh und je entfesselnd. Das große Vorbild. Er konnte Fußballspielen wie kein anderer. Kagabo erinnerte sich plötzlich an die Straße auf der sie als kleine Kinder kickten. Jean Baptiste hatte immer dafür gesorgt, dass der kleine Kagabo auch mitmachen durfte, obgleich er weder begabt noch als jüngster Spieler einer Mannschaft wirklich von Nutzen war. Jean Baptiste!

Kurz hinter Maman erschien nun auch Papa aus der grauen Ferne des Sees vor Kagabo. Seine beruhigende, tiefe Stimme hallte in seinem Kopf. *Mach etwas aus deinem Leben, mein Sohn!* hörte er ihn sagen. *Nutze die Chancen!* Kagabo sah, wie der Vater ein Bündel Reisig unter dem Arm trug, dazu eine Zeitung. So war er oftmals nach Hause gekommen. Das Feuerholz gab er Maman um damit den Ofen zu schüren. Dann setzte er sich vor das Haus und las in der Zeitung. Las dem Kleinen daraus vor.

Kagabo blickte angestrengt auf den See, er wollte diesen Augenblick festhalten und vertreiben zugleich. Schon seit seiner Kindheit hatte er keine so klare Vorstellung seiner Eltern und seines Bruders mehr gehabt. Die Stimmen waren im Rausch der Zeit verschwunden. Er hatte ihren Klang nicht mehr gehört. Die Bilder hatte er immer wieder verdrängt und in die Tiefe seiner Seele verbannt. Den Schlüssel zur Kiste der Erinnerungen hatte er abgegeben, das neue Leben in München war sein Glück. Almuth und Julian waren seine neuen Lebensschätze. Er hatte Onkel Yves und Tante Mutesi. Sie waren die Familie. Es machte keinen Sinn, die riesigen Wundmale seiner Kindheit immer wieder aufzureißen. Kagabo schüttelte sich und machte Anstalten, zurück ins Haus zu gehen. Er würde Doktor Gasana und Ariane sagen, dass er es als große Ehre empfand, wenn man ihm zutraute, hier eine leitende Position zu übernehmen, dass er aber wieder nach Deutschland müsse.

Beim Umdrehen blieb sein Blick noch einmal auf der Uferlinie des Kivu-Sees hängen. Dort lag in etwa zwanzig Metern Entfernung etwas am Ufer. Es lag zwischen Sand und Ufergras verborgen, war braun und wurde schwach vom Licht auf der Veranda erfasst. Kagabo wollte gehen, aber was auch immer es war, das Ding am Strand hielt ihn gefangen. Er stieg die kleine Treppe der Veranda herab und lief auf das Ufer zu. Er hatte sich nicht getäuscht. Am Strand lag eine Holzkiste, fast zerfallen und morsch. Sie lag dort angeschwemmt und teilweise im Sand eingesunken. Vermutlich lag diese Kiste hier schon eine Weile. Aber sie durchbohrte Kagabos Inneres wie ein Giftpfeil, dessen tödliche Wirkung einen sofort erfasste. Er starrte auf die Lederriemen und die Schnallen. Es war ein Anblick, dem er nicht lange standhielt. So und nicht anders hatte die Gedankenkiste ausgesehen. Schon als Kind kurz nach der Ankunft in München... Das war die Kiste, in der er seine verborgenen Erinnerungen verbannt hatte. Da lag die Truhe seiner Vergangenheit. Aus der Phantasie heraus in die Wirklichkeit geschwemmt. Er merkte wie ihm der Boden unter den Füßen zu entgleiten drohte. Der schwarze Horizont drohte schwärzer zu werden und die Schwärze hüllte ihn komplett ein. Langsam sank Kagabo vor der Kiste auf die Knie und holte tief Luft. Erneut übermannte ihn dieses Gefühl der Trauer und des Schmerzes. *Das habt ihr mit Absicht gemacht!* schrie er in den Nachthimmel hinaus und meinte damit Maman, Papa und Jean Baptiste. Aber die Gestalten der Nacht, die sein inneres Auge so verletzt hatten, blieben verschwunden. Nur Mamans Stimme hörte er aus der Ferne. Erst leise. Dann lauter. Dann kam Papas dröhnender Bass hinzu und schlussendlich die Stimme des Bruders. *Stelle dich! Stelle dich! Stelle dich!* Es klang wie ein tosender Wasserfall, ein stampfender Tanz um eine Feuerstelle. Es klang wie eine ewig monotone Eisenbahn, die sich mit einem harschen, dampfenden *Stelle dich! Stell dich!* ihren Weg in sein Innerstes bahnte.

Kagabo drehte sich langsam um und schlich zurück auf die Veranda. Er merkte, dass es kalt geworden war und er fühlte sich seltsam allein. Das Haus der Gasanas war hell beleuchtet und bot seinen düsteren Gedanken eine wärmende Abwechslung. Im Türrahmen zur Veranda stand Almuth, die Hände sanft in die Seiten gestemmt. *Was ist los, Schatz?* wollte sie von Kagabo wissen. *Du warst fast eine halbe Stunde draußen vor der Türe. Wir machen uns Sorgen um dich.*

Kagabo nahm seine Frau in den Arm und schüttelte den Kopf. *Alles in Ordnung,* log er. Er blickte in ihre Augen und erkannte sofort die Besorgnis, die sie ausdrückten. Die kleinen, zarten Fältchen, die sich sonst verspielt um ihre Augen und den Mund zogen, die sonst ihr fröhliches Lächeln unterstrichen, sie waren fort. Stattdessen bemerkte er sofort die Falte auf der Stirn. Sie zog sich quer von einer Seite zur anderen und zeigte Kagabo so, dass Almuth sich schlecht fühlte. Zu gut kannte er sie.

Es ist... Er hielt inne. *Es ist... alles in Ordnung. Ich werde es dir heute Abend erzählen, wenn wir im Hotel sind. Jetzt gehen wir wieder rein und beenden den Abend bei den Gasanas. Einverstanden?*

Almuth, die ihren Mann kaum wieder erkannte, nickte nur. Der sonst so offene, gütoge Gesichtsausdruck war nun voller Zweifel. Die Augen wirkten klein und seltsam abwesend. Sie schob es auf die zahllosen Tränen, die er sich hatte wegwischen müssen.

Beide nahmen wieder Platz. Noch ehe Fabien Gasana das Wort ergreifen konnte, begann Kagabo zu sprechen.

Es tut mir Leid, Fabien. Ich habe nicht gewollt, dass der Abend so endet. Ich danke Ihnen und Ihrer Frau für die herzliche Gastfreundschaft.

Ich wollte Ihnen keinen Schmerz zufügen, Kagabo, warf Doktor Gasana ein und entschuldigte sich.

Auch wenn Sie genau das haben, es war sehr hilfreich. Ich werde mich stellen und meine Vergangenheit aufarbeiten. Für diese Erkenntnis bin ich Ihnen sehr dankbar. Sie haben mir vermutlich mehr geholfen, als es eine Therapie in

Deutschland je getan hätte. Kagabo bemühte sich um ein gelöstes Lächeln.

V

Julian lag schlafend in seinem Bettchen neben den Eltern. Das Hotelzimmer war reinster Luxus für dieses Land. Die Heizung machte es kuschelig warm und irgendeine Essenz duftete aus einem Wassergläschen. Almuth hatte sich eng an ihren Mann geschmiegt. Sie hatte gespürt, dass der Abend bei Gasana und seiner Frau etwas mit Kagabo angestellt hatte. Und nun begann er leise zu sprechen.

Sie waren da. Alle drei. Wie eine bittere Vision aus der Vergangenheit. Als hätte ich Halluzinationen gehabt. Einfach so aus dem Kivu aufgetaucht.

Almuth verstand nicht, wovon Kagabo sprach, spürte aber, dass sie ihn nicht unterbrechen sollte.

Sie haben mit mir gesprochen. Ich hab den Albtraum versucht beiseite zu wischen und mich der Realität zuwenden wollen.

Wer hat mit dir gesprochen? hakte Almuth nun doch nach.

Maman und Papa und Jean Baptiste, flüsterte Kagabo leise und ein wenig heiser.

Aber dann lag da diese Kiste am Ufer. Ich hatte dir ja erzählt, dass ich meine Erinnerungen an die Vergangenheit in einer Kiste verstecke. Diese imaginäre Truhe war ein Produkt meiner Gedanken. Bis heute! Und dann lag sie vorher da am Ufer. Genauso habe ich mir die Kiste immer vorgestellt. Lag einfach so zwischen Schilfgras und dem Seeufer. Dann hörte ich meine Eltern und Jean Baptiste wieder sprechen. Ich solle mich stellen! Immer wieder... Sie wiederholten es in einem dröhnenden Stampfen, das mich an eine Dampflok erinnerte oder an eine marschierende Armee. Stell dich! St-ell d-ich! Klack, klack! Ste-ll dich!

Almuth streichelte ihrem Mann sanft über die Wangen. *Das solltest du wirklich, denn es macht dir zu schaffen.*

Ich werde bleiben, Almuth!

Almuth brauchte einen Moment um zu begreifen. Und dann blieb ihr die Stimme weg. Immer wieder hatte sie zu Hause in München davon gesprochen, dass er seine Vergangenheit suchen solle, sich ihrer stellen möge, um eines Tages frei davon zu sein. Welche Folgen das haben konnte, darüber hatte sie nicht nachgedacht. Nicht, weil sie naiv war. Sie hatte Angst gehabt vor dem Ergebnis. Es war in seinen Augen immer wieder dieses matte Suchen zu erkennen. Sie hatte erkannt, dass er seine Wurzeln niemals so endgültig gekappt hatte, dass er wirklich frei war. Und seit Julian auf der Welt war, war dieses Gefühl immer häufiger aufgetreten. Daher drängte sie zur Reise nach Ruanda.

Als der Kollege aus Uganda anbot, den Kontakt zu Doktor Gasana herzustellen und warnte, dass der Besuch in Ruanda ein Feuer entfachen könnte, hatte Almuth das erste Mal einen Stich im Herzen gespürt. Sie fürchtete sich vor diesem Feuer. Und nun hatte Kagabo den Satz gesagt, der aus der kleinen Flamme eben genau dieses lodernde Feuer hatte werden lassen.

Er - wird - bleiben - wiederholte sie in Gedanken, langsam, als müsste sie erst lernen, Wort für Wort zu einem Gesamten zusammenzufügen. Sie strich ihm erneut über die Wangen und war bemüht, ihre Tränen zu verbergen. *Wie stellst du dir das vor? Bis heute Abend warst du froh, nicht zu arg mit der Vergangenheit konfrontiert worden zu sein und nun ist auf einmal alles anders?*

Die Geister aus dem See, Almuth! Wir in Afrika haben eine besondere Verbindung zu unseren Ahnen und ich glaube, das war eine Art Hinweis der Ahnen.

Aber wie willst du das anstellen? Du wirst in München in der Klinik erwartet... Julian und ich können nicht hier bleiben. Es wird Wochen dauern, bis du alle Orte deiner Kindheit aufgesucht, bis du noch lebende Verwandte und Freunde deiner Eltern aufgespürt hast. Was sollen Julian und ich solange tun?

Ihr fliegt heim, brummte Kagabo knapp. Nun brach Almuth in Tränen aus. Diese abweisende Haltung hatte sie nicht erwartet und sie traf sie hart.

Wollte sie ihr Mann eben abschieben? Geh doch du nach Hause, ich bleibe hier - war es das, was Kagabo da soeben gesagt hatte? Almuth schluckte die Tränen herunter und sagte trocken: *Wir sprechen morgen früh darüber, wenn wir eine Nacht geschlafen haben.* Dann küsste sie ihn und drehte sich von ihm weg und ließ Kagabo mit seinen düsteren Gedanken allein am Ufer des Kivu-Sees zurück, wo in seinem Inneren noch immer Maman und Papa mit Jean Baptiste am Ufer standen und ihm rieten zu bleiben.

Am nächsten Morgen wickelte sich Kagabo vorsichtig aus seiner Decke. Julian und Almuth schliefen noch friedlich. Die Sonne kroch langsam aus dem Dunstschleier hervor und entwickelte sacht ihre Kraft. Kagabo hatte Kopfschmerzen als hätte er zu viel getrunken. Er überlegte rasch. Drei Gläser Rotwein, mehr war es nicht. Die Erscheinungen am Seeufer, das waren keine Folgen des Weins, da war er sich sicher. Es waren Schreie aus dem Inneren seiner Seele, das hatte er nüchtern betrachtet nun begriffen. Nachdem er sich ein wenig sortiert hatte, stellte er fest, dass nicht nur der Kopf schmerzte, sondern auch sein Rücken und der Nacken. Er musste nachts verkrampft auf dem Bett gelegen und den Kopf ins Kissen gepresst haben. Es war noch nicht ganz sechs Uhr morgens. Draußen herrschte morgendliche Stille. Nur langsam erwachte das Land zum Leben. Kagabo schob die Türe des Bungalows vorsichtig auf und ging ins Freie. Noch umspielte ihn die Frische des heranbrechenden Tages. Doch er konnte erahnen, dass es recht heiß werden würde.

War der gestrige Entschluss, zu bleiben, richtig? Konnte er Almuth mit Julian alleine zurückfliegen lassen? Es hämmerten zahllose Fragen in seinem Kopf. Würde er es sich nicht doch wieder anders überlegen, wenn er nun zurück nach München reiste um dann alleine noch einmal nach Ruanda zu kommen? War es unfair, den Wunsch zu äußern, sich seiner Vergangenheit stellen zu wollen?

Er spürte, dass er am Vorabend Almuth gegenüber hart und abweisend war. Weil er selbst so verunsichert war, ein Gefühl in sich spürte, das er bislang nicht kannte. Kagabo hatte nicht gewusst, wie man damit umgehen sollte und daher hatte er einfach den Entschluss zu bleiben als in Stein gemeißelt betrachtet. Ich - bleibe - Ende! Wie musste Almuth das verstanden haben? Er schämte sich sogleich. Musste sie nicht gedacht haben: Jetzt ist er in Afrika und führt sich auf wie ein Patriarch, der seiner Frau sagt, was zu tun und zu lassen ist. Er drehte sich um und blickte ins Zimmer zurück. Dort lag seine Frau, eingerollt in eine Decke und schlief noch immer friedlich.

Beim Frühstück in einem mit schweren Holz-
möbeln ausstaffierten Saal herrschte eisige Stimmung.
Almuth fühlte sich unsicher, drehte im Kopf Sätze hin
und her, suchte nach den passenden Worten. Sie hatte
ihren Mann aufgefordert, seiner Vergangenheit aktiv
zu begegnen. Das wollte er nun tun. Hatte sie ernst-
haft damit gerechnet, dass es bei einem kurzen Urlaub
bleiben würde? Ihr wurde plötzlich klar, dass sie einen
Fehler gemacht hatte. Sie dachte, gemeinsam würden
sie während der Reise an ein paar Orte aus Kagabos
Kindheit reisen und er würde das Verschlossene her-
vorholen, es akzeptieren lernen und könnte freier sein.

Das war ein Irrtum. Und Almuth spürte mit
einem Stich in der Brust, dass sie nicht Teil dieser Vergangenheit war. Das kurze Leben in Ruanda, das Kagabo gehabt hatte, das war wie in einer anderen Galaxie
gewesen. Es war ein Leben in einfachsten Verhältnis-
sen auf dem afrikanischen Land. Landwirtschaft präg-
te das Leben, der Kampf ums tägliche Überleben gestaltete die Tage. Das war außerhalb Almuths Vorstel-
lungsvermögen und wenn sie es sich vorstellen konnte,
mischte sich darunter der Kitsch westlicher Afrikaro-
mantik, die man von der Leinwand her kannte.

Es würde alles keinen Sinn ergeben. Kagabo
musste bleiben. Und nur wenn sie ihn gewähren ließe,
würde er zurückkommen zu ihr und Julian. Und sie

spürte, dass ihre Liebe groß genug sein sollte, dass er auch wiederkam.

Es tut mir leid, dass ich so ruppig war, fing er plötzlich an und ergänzte: *Ich bin selbst überrascht gewesen, dass es mich so schnell gepackt hat. Almuth, ich möchte hier nach meinen Wurzeln suchen. Das geht aber nicht, wenn wir einen Urlaub wie Touristen machen. Bis gestern Abend war ich heil froh, dass wir nichts anderes gemacht haben als uns Nationalparks anzusehen und Museen. Ich wollte ja gar nichts finden, was mich an die Vergangenheit erinnert. Aber der gestrige Abend bei Doktor Gasana, der hat irgendwie ganz heftig einen Schalter umgelegt. Es muss jetzt sein.*

Almuth nickte und lächelte ihren Mann sanft an. Ihre Augen umspielte nun wieder dieses mitreißende Strahlen, das ihr Mann so liebte. *Ich weiß, Schatz, und ich habe dich dazu auch gedrängt. Es ist nur auf einmal so ein Gefühl der Schwermut in mir aufgetaucht. Ich hab verstanden, dass es notwendig ist, aber ich hatte auch das Gefühl, ich bin nicht Teil dieser Suche nach der Vergangenheit.*

Du bist nicht Teil meiner Vergangenheit, Almuth, aber ihr, Julian und du, ihr seid meine Gegenwart. Daher brauchst du dich nicht zu sorgen. Gib mir einfach ein wenig Zeit für mich und lasse mich meine Wurzeln hier suchen.

Sie nahm Kagabo bei der Hand und sie beide betrachteten den Sohn, der in seiner Babyschale lag und sie friedvoll anblickte mit einem fast schelmischen Lächeln im Gesicht.

Kagabo unterbreitete Almuth seinen Plan, den er am Morgen gefasst hatte, als sie noch im Zimmer schlief. Er werde mit zurück nach München fliegen. Dort werde er die Rückkehr nach Ruanda vorbereiten, ausführlich mit Yves und Mutesi sprechen.. Nur sie konnten ihm helfen, wo er suchen sollte, denn ihm fehlten Erinnerungen an die meisten Orte. Er war noch zu klein gewesen. Gerade einmal acht Jahre. Es war außerdem fast ein Vierteljahrhundert her, dass er das Dorf seines Vaters besucht hatte. Wenig würde ihn an früher erinnern.

Er musste in der Klinik erneut Urlaub nehmen und war sich nicht sicher, ob er drei oder vier Wochen am Stück bekommen würde. Das alles galt es zu klären, bevor er sich wieder in ein Flugzeug nach Kigali setzen würde.

VI

Yves streichelte den kleinen Julian liebevoll über die Wange. Julian war wie sein eigenes Enkelkind, so wie Kagabo sein eigener Sohn war. *Du wirst nicht glücklich dabei werden, Kagabo*, sagte er nach einer Weile des Nachdenkens und wandte sich seinem Ziehsohn zu. *Wir haben immer nach dem Prinzip gelebt, dass wir die Vergangenheit nicht ändern können und nach vorn blicken wollen.* Kagabo nickte heftig und fügte dann an: *Das will ich auch nicht ändern. Frei nach vorne blicken kann ich aber nur dann, wenn ich mit der Vergangenheit wirklich klarkomme. Immer wieder muss ich die Gedanken an früher schmerzvoll unterdrücken und das lähmt mich zunehmend mehr. Jetzt, wo ich einen Sohn habe, der das Glück hat in einem Land aufzuwachsen, in dem Sicherheit und Wohlstand herrschen, werde ich mir dieses Glücks immer mehr bewusst. Ich habe überlebt, Yves! Ihr habt überlebt! Aber Maman und Papa, der ganze Rest unserer Familie hat nicht überlebt oder ist geflohen und verschwunden. Ich muss mich der Geschichte unserer Familie und damit der Geschichte Ruandas stellen.*

Mutesi verstand Kagabo. Sie sprach mit Almuth darüber, wie es nun weitergehen sollte. Almuth verstand die Dramatik nicht. Kagabo würde für ein paar Wochen zurück nach Kigali reisen. Dort würde er sich auf die Spuren seiner Eltern, seines Bruders und der Großeltern begeben. Nicht weniger, aber eben auch nicht mehr. *Almuth, er wird bleiben, wenn ihn der Geist der Ahnen gefangen hält,* fügte Mutesi an. Almuth schüttelte sich. Das war dieser Geister- und Ahnenglaube, der ihr als Europäerin vollkommen fremd war. Im einundzwanzigsten Jahrhundert musste man doch weiter sein als daran zu glauben, dass die Seelen der Verblichenen auf ihrem Land noch immer Kraft auf die Lebenden ausübten? Almuth tat sich schwer zu begreifen, dass die Modernität und das schnelllebige Leben hierzulande dort in Afrika nicht die Kraft hatten, den Glauben an die Ahnen zu besiegen. Ihr kurzer Einblick vor Ort hatte dazu nicht ausgereicht. Und trotz der langen Zeit, die Mutesi in München gelebt hatte, glaubte sie an die Einflüsse der Ahnen und war sich sicher, dass es möglich war, Kagabo so zu fangen.

Erinnere dich nur daran, was ihn überhaupt dazu veranlasst hat, noch einmal nach Afrika zu wollen! sagte sie und Almuth musste zugeben, dass die Erscheinung am Ufer des Kivu-Sees tatsächlich etwas Magisches hatte, wenngleich man alles wissenschaftlich und anhand der Psychologie erklären konnte.

Nur zwei Wochen später hatte Kagabo wieder ein Flugticket in der Tasche und stand Hand in Hand mit Almuth am Check-In-Schalter. Der Oberarzt im Klinikum hatte ein Einsehen. Er durfte Überstunden abbauen, den Resturlaub nehmen und sich unbezahlt noch eine Woche länger freischaufeln. Damit war Kagabo nun mit einem Zeitpolster von drei langen Wochen ausgestattet. Das musste reichen, die Vergangenheit in ihren vielen Facetten zu erkunden. Er wollte nicht nur die düsteren Momente aufspüren, sondern auch dieses süße Gefühl der geliebten Kindheit wieder entdecken.

Es klatschten düstere Regentropfen gegen die Scheiben des Flugzeugs als es sich donnernd in den bleiern-grauen Himmel hob um bald schon die Wolkendecke zu durchbrechen. *So soll es mit meinen düsteren Gedanken über die Vergangenheit nun auch sein ,* dachte sich Kagabo. Das Regenschwere wollte er hinter sich lassen und nach vorn blicken.

Auf dem Flughafen in Istanbul, wo er umsteigen musste, sah er eine Gruppe Afrikaner um den Monitor stehen. Sie unterhielten sich in einer Mischung aus Kinyarwanda und Französisch. Sie suchten das Gate für den Flug nach Kigali und zum ersten Mal spürte Kagabo eine Art Vorfreude auf das Vorhaben, wenngleich ihm die Aussicht, drei lange Wochen auf den kleinen Julian und die alles geliebte Almuth verzichten zu müssen, das Herz zerriss.

Es war mitten in der Nacht als er am Flughafen in Kigali ankam. Müde und leer ließ sich Kagabo in ein Taxi fallen und bat in dasselbe Hotel gefahren zu werden, in dem er mit Almuth und Julian die ersten zwei Nächte seiner Reise verbracht hatte. Der Taxifahrer schwieg während der gesamten Fahrt und Kagabo kämpfte mit der Müdigkeit. Er blickte einfach nur nach draußen, ließ den Blick gedankenverloren in die Ferne schweifen, nahm die Lichter von Autos wahr, sah Männer und Frauen auf Mopeds durch die Nacht donnern. Er vernahm gedämpft das Knattern von Motoren außerhalb des Taxis und lauschte ab und an den afrikanischen Musikklängen im Autoradio. Die speckigen Ledersitze fühlten sich angenehm kühl an. Kagabo legte seine Hände flach auf das dunkle Leder und versuchte über die Schulter des Fahrers einen Blick auf den Kilometerstand zu erhaschen. Der weiße *Toyota* hatte erst siebenundsiebzigtausend Kilometer auf dem Buckel, erschien Kagabo aber bereits schrottreif. Am liebsten hätte er sofort bei Almuth angerufen um ihr zu sagen, dass er gut angekommen war, aber es war drei Uhr morgens und er wollte die beiden zu Hause nicht wecken.

Am nächsten Morgen setzte er sich auf die Terrasse des Hotels, bestellte Eier mit Speck und Toast mit Butter und ließ den Blick über die Stadt schweifen. Kigali! Weit verstreut sah man auf den Hügeln der Umgebung zwischen tief grünen Bäumen überall Häuschen klein wie Modelle, die wahllos nebeneinander in einen losen Wald gesetzt worden waren. Weithin bis an den Horizont erstreckte sich das Hügelland der Hauptstadt. In einem Talkessel lag die Innenstadt, dort erkannte man höhere Gebäude, eine Art Geschäftszentrum. Es hupte, quietschte, klapperte, rief und schrie, bellte und zischte aus jeder Straße herüber. Die Terrasse des Hotels war eine friedliche Oase in all diesem Trubel.

Kagabo hatte zu seinem Frühstück eine Zeitung auf den Tisch gelegt bekommen. Dort konnte man in großen Lettern lesen, dass Kigali zur saubersten Hauptstadt Afrikas gekürt worden war. Kein Autolärm in der Innenstadt und keine Plastiktüten. Müll auf den Straßen war kaum zu finden. Kagabo musste schmunzeln. Er dachte an Deutschland und sagte leise zu sich: *Keine Plastiktüten, das kriegen wir zu Hause nicht hin!* Zu Hause - in Deutschland.

Windhoek, die Hauptstadt Namibias, wollte sich den Titel aber schon im Jahr darauf zurückholen, hieß es in dem Zeitungsartikel, der die Bewohner Kigalis aufforderte, genau dies zu verhindern - mit einem besonderen Bewusstsein für die Umwelt. Es erfüllte Kagabo mit Stolz, dass sein einst nur durch Mord und Vernichtung in die Schlagzeilen geratenes Heimatland

nun mit positiven Nachrichten von sich Hören machte.

Kagabos Plan war es in das Dorf seiner Eltern
und Großeltern nahe am Kivu-See zu fahren und dort
seine Forschungen zu beginnen. Zuvor aber musste er
nun endlich Almuth und Yves von der glücklichen Ankunft in Ruanda berichten.

Almuth war erleichtert, dass sich ihr Mann
endlich meldete und wünschte ihm viel Glück bei seinen Nachforschungen. Sie versuchte, in Kagabos
Stimme seine Stimmung zu erahnen, tat sich aber
schwer. Er wirkte ruhig und ausgeschlafen. Anspannung war nicht zu erkennen. Natürlich machte sie sich
Sorgen, was werden würde. Er versicherte seiner Frau,
dass er vorsichtig sein werde und sich nicht in Aben-
teuer stürzen wolle. Dann drückte er den roten Schalter auf dem Handy und legte das Telefon beiseite.

Die freundliche Kellnerin räumte ab. Dann
setzte sie sich ungefragt zu ihm und sprach ihn auf Kinyarwanda an. *Kommst du von hier?* wollte sie neugierig
wissen. Kagabo nickte nur, sagte dann aber: *Ich weiß es
nicht mehr. Ich wurde in Ruanda geboren. Meine Eltern lebten in der Nähe des Kifft.*

Die junge Frau nickte stumm, legte ihm die Hand auf die Schulter. *Du brauchst nicht weiter zu erzählen, ich weiß, was du sagen willst. Es bedrückt uns alle immer noch. Tag für Tag. Bist du hier, um nach deiner Familie zu suchen?*

Kagabo nickte nun seinerseits stumm.

Beginne deine Suche beim Genocide Memorial in Kigali, die haben da ein Archiv. Vielleicht findest du dort Hinweise. Das haben Freunde von mir auch so gemacht, meinte die Kellnerin freundlich. Kagabo bedankte sich und überlegte, ob er das nicht tatsächlich machen sollte.

Die Sonne brannte heiß vom Himmel, als Kagabo sich dem Gebäude näherte. Es war weiß gestrichen und sah einladend aus. *Wenn es nicht um den schrecklichen Genozid gehen würde, könnte man die Anlage glatt als Hotel durchgehen lassen,* dachte Kagabo bei sich. Als er die Gedenkstätte betrat, hatte er ein mulmiges Gefühl. Genau dies hatte er bei seiner Reise mit Almuth und Julian vermieden: Den Eintritt in seine eigene Vergangenheit. Hier in dieser Gedenkstätte lag auch sie verborgen. Die eigene Geschichte. Das Ende der kleinen Familie. Kagabo hatte schweißnasse Hände. Beim ersten Besuch mit Almuth war sein Motiv noch ein anderes.

Ein junger Mann empfing ihn freundlich und meinte, er solle sich erst einmal umsehen, bevor er ihm das Archiv zeigen wolle. Bereits beim ersten Besuch einer Gedenkstätte mit Almuth hatte Kagabo Schwermütigkeit erfasst. Während Almuth wie eine Touristin, zwar ergriffen und berührt, durch die Anlage gelaufen war, übermannte Kagabo ein tiefes Gefühl der Trauer. Und bei dem Besuch in der Gedenkstätte in Kigali nun wiederholte sich dieses Gefühl. Es legte sich wie ein Bleigürtel um seine Brust, schnürte ihm die Lunge ein und ließ die Beine erstarren.

Er starrte gedankenverloren auf die aufgereihten Schädel in einer Halle. Sie lagen dort als stille Mahnung. Sie schwiegen beharrlich in die Ewigkeit. Nichts war mehr zu ändern. Nichts war mehr umzudrehen. Kein schlechter Kinofilm, den man hätte anhalten oder das Drehbuch neu schreiben können. Da lagen sie, würdevoll nebeneinander, vereint in ihrer ewigen Ruhe. Aber ihre Existenz an dieser Stelle war so unglaublich sinnlos, dass Kagabo bei diesem Gedanken nach Luft ringen musste. Sollte nicht ein jeder einzelne dieser Schädel in einem Sarg liegen und irgendwo auf einem Friedhof bestattet sein? Und wie viele dieser Schädel, die ihn weiß, ausgehöhlt und leer anstarrten, wären heute keine mahnenden Totenköpfe, sondern Teil eines lebendigen Körpers, der Schaffenskraft und Lebensfreude versprühen könnte, Liebe schenken und empfangen dürfte? Kagabo wandte sich ab.

In einem anderen Raum hatten die Schädel Gesichter bekommen. Hunderte, wenn nicht gar tausende Bilder, teils vergilbt, teils gut erhalten, hingen wie an einer Wäscheleine aufgereiht an der Wand. Jedes Bild ein Menschenleben, das ausgelöscht worden war, weil Hutu und Tutsi einander nicht mehr als Menschen sehen konnten.

Kagabo ging zu einer Infotafel. Dort konnte er etwas über den Genozid in Ruanda erfahren. Aber wusste er nicht zu viel darüber? Das Referat in der Schule einst hatte er abgelehnt. Aber während des Studiums und in der Klinik hatte er sich immer erklären müssen. Ruanda. Moment, da war doch was? Erzähl mal genauer. Wieso kam das so? Kagabo hatte eine Kurzfassung parat, die er wie eine Art Infoblatt oder Wikipedia-Eintrag abspulen konnte. Jeder, der in Deutschland nach dem Genozid fragte, bekam von ihm dieselbe Antwort. Auch das gehörte bislang dazu, wenn es darum ging, die Truhe der bösen Erinnerungen verschlossen zu halten. Aber bereits seit der ersten Reise mit Almuth und dem Sohn war Schluss damit. Nun brauchte er auch nicht mehr nach Standardantworten zu suchen. Er suchte nach Details, nach dem

genauen Schicksal seiner Familie. Maman, Papa und
Jean Baptiste. Das waren nur die engsten Verwandten.
Da waren Valérie, die Mutter der Mutter. Da war Vedaste, der Großvater. Er hatte beide geliebt als Kind.
Aber die Erinnerungen sind verblasst. Dunkle Schatten der Vergangenheit reichten zurück zu den Tagen,
als er mit Grandmère Valérie durch die Bananenstauden streifte. Ihr Hügel war nicht weit entfernt von
dem seiner Eltern. Er entwischte Valérie gelegentlich
und Grandpère Vedaste hatte dann immer geschimpft
mit ihm. Kagabo spürte bei dieser Erinnerung an die
Großeltern, dass aber selbst in diesem Schimpfen Liebe und Wärme war.

VII

Der Präsident ist tot. Das hatten die Eltern damals immer wieder gesagt. Kagabo war gerade acht Jahre alt, als die Maschine von Präsident Habyarimana abgeschossen worden war. Er kam aus dem Nachbarland zurück, wo er in Daressalam verhandelt hatte. Kurz vor der Landung auf dem Flughafen von Kigali kam es zum Abschuss. Es war kurz vor acht Uhr am Abend des sechsten April 1994 als der Abschuss erfolgte.

Radio Mille Collines, der Sender, den Yves immer nur Hate Radio nannte, brachte sofort die Nachricht vom Tod des Präsidenten. Und einen Schuldigen hatte man auch sofort ausgemacht: Die Tutsi-Rebellen aus dem Norden. Für Kagabo war die Unterscheidung zwischen Hutu und Tutsi zwar allgegenwärtig und er wusste, wer Hutu und wer Tutsi war, aber es spielte im täglichen Leben eigentlich keine Rolle. Aber die angespannte Stimmung zu Hause machte selbst dem Achtjährigen bewusst, dass etwas Bedrohliches im Gange war. *Fällt die Bäume*, drang es krächzend aus dem Lautsprecher. Kagabos Vater drehte das Gerät aus und versammelte alle im Wohnraum des kleinen Hauses. Sie lebten in einem kleinen Dorf namens Gishyita nahe des Kivu-Sees. Maman war schon seit einiger Zeit besorgt gewesen, wenn Kagabo allein draußen spielte. Sie wollte immer, dass entweder Jean Baptiste oder Grandmère oder Grandpère ihn nach Hause brachten. Kagabo konnte einen ihrer Sätze nicht verstehen: *In Zeiten wie diesen lässt man ein Kind nicht alleine herumlaufen!*

Und wenn er wieder entwischt war, dann war sie besorgt und verärgert, weil der große Bruder oder Großmutter Valérie nicht gut genau auf den kleinen Sohn aufgepasst hatten.

Hutu und Tutsi teilten sich die Region seit Jahrhunderten. Bevor die Deutschen und später die Belgier Ruanda, Burundi und Uganda unter ihre kolonialen Fittiche nahmen, existierten die Volksgruppen mehr oder weniger friedlich nebeneinander. Die Mehrheit der Menschen lebten von der Landwirtschaft. Sie gehörten dann der Gruppe der Hutu an. Die Viehzüchter waren Tutsi und durchschnittlich etwas wohlhabender. Daneben existierte die kleine Volksgruppe der Twa, die noch immer sehr traditionell als Jäger und Sammler lebte. Als die Belgier Ruanda beherrschten und es Teil des belgischen Kolonialreichs wurde, begann man der Einteilung dieser sozialen Gruppen eine ethnische Bedeutung beizumessen. Hutu war, wer wenig oder kein Vieh besaß, Tutsi, wer ausreichend Vieh besaß. Für die Belgier galten aber auch ganz andere, körperliche Maßstäbe. Lange Nasen, schlanke und groß gewachsene Menschen - das waren Tutsi. Knollennase, gedrungener Körperbau - das mussten Hutu sein.

Aus der sozialen Zugehörigkeit zu einer gesellschaftlichen Schicht oder Erwerbsgruppe wurde eine ethnische Rasse geformt. Und die Kolonialherren machten in ihrer Klassifizierungswut gleich noch weiter. Die schlanken Viehzüchter waren geboren um zu herrschen. Man bevorzugte sie und wenn es für Einheimische Posten zu ergattern gab, sie waren für die Tutsi bestimmt. Die von der Landwirtschaft lebenden Hutu blieben allzuoft außen vor. Das schürte Hass, Neid und Missgunst. Bis zum tragischen Höhepunkt ist dies Triebfeder der Auseinandersetzung geblieben.

Als die Belgier das kleine Ruanda 1962 in die Unabhängigkeit entließen, änderte sich das Bild. Die Mehrheit der Bevölkerung gehörte den Hutu an. Und diese gewannen nun auch an Macht und Einfluss. Sie nahmen Rache an den Tutsi, die sie als Stellvertreter der Belgier im eigenen Land abstrafen wollten. Die vermeintliche Herrscherklasse sollte verjagt werden. Diese Zeit kannte Kagabo nur mehr aus den Erzählungen von Yves und Mutesi. Und die berichteten von ihren Eltern, ihren Großeltern und Onkeln und Tanten. Hutu-Milizen überfielen Hügel für Hügel und bedrohten die Tutsi. Es wurde gemordet und gebrandschatzt. Tausende flohen in den Norden - nach Zaire und Burundi oder Uganda. Und sie blieben dort, weil eine Rückkehr nach Ruanda unmöglich wurde. Im Norden Ruandas, von Uganda aus kommend, griffen Tutsi-Rebellen der Ruandischen Patriotischen Front Ruanda an. Ziel der Angreifer war es, eine Rückkehr in die Heimat zu erzwingen. Man scheiterte. Im Herzen Tansanias verhandelten beide Seiten dann über Frieden. Das Friedensabkommen von Arusha erlangte später jedoch traurige Berühmtheit, wurde es doch nie wirklich umgesetzt. Die Regierung der Hutu warf den Tutsi vor, die Patriotische Front würde weiter nach der Macht in ganz Ruanda streben.

Fällt die Bäume! Erledigt eure Arbeit! Noch immer hörte Kagabo im Geiste ab und an diese blechernen Stimmen aus dem Radio. Sein Vater hatte das Gerät abgeschaltet. *In Kigali möchte ich nicht sein,* hatte er gesagt und Kagabo in den Arm genommen.

Die Hutu-Power, so hatten sich die Extremisten selbst genannt, hatte alles penibel geplant. Sie rüstete sich zum Kampf gegen die Tutsi. In Kigali und auch anderswo im Land hatten die Menschen gespürt, dass in Ruanda etwas im Gange ist. Die Vereinten Nationen versuchten mit einer kleinen Blauhelmmission den brüchigen Frieden zu sichern. Jean Baptiste hatte sie gesehen. Sie waren einmal über die Hauptstraße gebrettert. Von Kigali aus. Papa hatte in den Nachrichten gehört, dass Romeo Dallaire, der Kommandeur der internationalen Truppen, mehr Mittel forderte und dass er das Radio anprangerte. Dann hatte Papa gesagt: *Diese Dreckspropaganda!* Und Kagabo hatte davon nichts verstanden. Für den Kleinsten in der Familie war es nur schwer nachvollziehbar, dass er nicht mehr alleine raus durfte.

Die Hügel waren für ihn ein riesiger Abenteuerspielplatz. Raus aus dem kleinen Haus und man sah Grün, ewig grün. Saftige Bananenstauden. Maniok wurde auch angebaut auf den kleinen Feldern in den Tälern. Von einer Seite zur anderen konnte man blicken und die Menschen drüben beobachten. Wenn die von der Feldarbeit aufblickten und man auf sich aufmerksam machen konnten, dann erwiderten die drüben ab und an das Winken der Kinder. Umgeben waren ihre Hügel von dichtem Wald. Er war ein tiefes Dickicht aus Lianen und Farnen.

Gern liefen Kagabo und seine Freunde zur Schotterstraße hinauf und den Autos hinterher. Vielleicht fiel ja etwas für sie ab. Die Reichen hatten ab und an kleine Geschenke für die Kinder dabei. Aber in Gishyita gab es nur wenige Reiche und Weiße kamen im Grunde nie vorbei. Und wenn doch, dann war es ein besonderes Ereignis für die Kinder auf den Hügeln, die zum Gebiet von Gishyita gehörten.

Nachdem die Lage sich zuspitzte und Papa erzählt bekam, dass man Hutu überall im ganzen Land mit Messern und Macheten ausstatte um den Kakerlaken ein Ende zu bereiten, durfte Kagabo gar nicht mehr alleine vor die Türe. Maman bat Jean Baptiste immer aufzupassen, mit wem und wo man sich traf. Sie war in großer Sorge. An der Schotterstraße den Hügel hinab lagen vier Häuser. Die Nachbarn waren allesamt auch Tutsi. Das war bislang ohne Bedeutung gewesen, aber seit *Mille Collines* diese blutrünstigen Aufrufe durch den Äther jagte, dass die aufrichtigen Hutu ihre Arbeit zu tun hätten, war es bedeutsam. Papa machte sich Gedanken über eine mögliche Flucht. Und auch die Nachbarn sprachen darüber. Doch wirklich und tatsächlich wahrhaben wollte niemand, dass man in großer Gefahr lebte. Und wohin sollten sie schon fliehen? Manche hatten Verwandte in der Stadt. Die Dorfältesten erzählten vom Hügel in Bisesero, der sie schon einmal vor an Angriffen bewahrt hatte.

Auch am ersten Tag nach dem Attentat auf die Präsidentenmaschine gingen alle ihrer Arbeit nach. Die kreischenden Stimmen aus dem Radio waren noch aggressiver geworden als sonst. Sie schrien, krachten, überschlugen sich und mahnten die Hutu, gute Hutu zu sein, keine Verräter! Tutsi, das waren die Kakerlaken. Kagabo musste es mit anhören, verstand nicht viel. *Wenn wir Kakerlaken sind, Maman, dann bin ich dein Kakerlakenkind,* hatte er gesagt. Maman nahm den Jungen in den Arm und drückte ihn an sich. Jean Baptiste, der ältere und reifere, rannte aus dem Raum.

Er wollte nachsehen, ob er irgendwo etwas tun konnte. Es entfachte eine bittere Wut in ihm, dass Menschen, mit denen er gestern noch befreundet gewesen sein sollte, am heutigen Tag ihn und seine Familie als Kakerlaken bezeichnen durfte.

Papa war mit den Nachbarn aufs Feld gezogen. Gegen elf Uhr rannte ein junger Mann vom Hügel herab zu den Männern. *Madame Agathe ist tot! Sie haben sie umgebracht!* rief der junge Mann aufgeregt. Agathe Uwilingiyimana war die erste Premierministerin Ruandas. Sie gehörte der Opposition an. Sie hatte sich bemüht, das Friedensabkommen von Arusha mit Leben zu füllen, scheiterte dabei aber auf ganzer Linie. Nicht nur Präsident Habyarimana war gegen sie, auch die Führung der Tutsi-Rebellen, die von Norden her weiter vordrangen, um den Tutsi im Land beizustehen, die immer mehr unter Druck gerieten. Sie selbst war eine Hutu. Noch in der Nacht nach dem Flugzeugabschuss gab Madama Agathe ein Interview in dem sie zur Ruhe aufforderte. Die Vereinten Nationen sollten sie zum staatlichen Rundfunk fahren und ihr dort die Möglichkeit verschaffen, an das Volk zu appellieren, auf Gewalt zu verzichten. Aber da hatte in der Nacht das Morden schon begonnen. Und direkt vor ihrer Haustüre nahm es seinen grässlichen Anfang. Mit etwa zehn Mann waren die Blauhelme rund um Agathes Haus stationiert. Dann kam die Hutu-Armee und zwang die Friedenstruppen, die Waffen herauszugeben. Uwilingiyimana floh mit ihrer Familie, zehn belgische Soldaten starben und am Ende auch die Ministerpräsidentin samt ihrer Familie. Sie galt den Radikalen als Verräterin. Und wer Verrat an der nationalen Sache beging, war selbst eine Kakerlake.

Die Männer auf dem Feld überlegten, ob sie mit ihrer Feldarbeit fortfahren konnten oder ob es zu gefährlich geworden war, sich im Freien aufzuhalten. Kagabos Vater entschied, nach Hause zu gehen und bei der Familie zu sein. Auch die anderen Männer folgten und kehrten in ihre Häuser zurück.

Jean Baptiste hatte sich zusammen mit anderen Jugendlichen aus dem Dorf an der Straße postiert. Sie hielten Ausschau, waren in heller Aufregung. Einer hatte ein Transistorradio dabei. Sie hörten *Mille Collines*, auch wenn die Hasstiraden für jeden Tutsi wie tausend Schläge in den Nacken erscheinen mussten.

Tut eure Arbeit! Fällt die Bäume! Keine Kakerlake soll entkommen!

VIII

Im Hauptraum des Archivs war es kühl. Nicht mehr angenehm kühl, eher kalt. Kagabo fühlte wie die Kälte seinen Körper erfasste und er sich schütteln musste.

Man brachte ihm einige Akten. Unterlagen aus dem Archiv. Zeitungsberichte. Verzeichnisse und Listen des Roten Kreuzes. Nun war er mitten drin auf der Suche nach seiner eigenen Vergangenheit. Er spürte, dass der gefürchtete Schmerz, vor dem er so Angst hatte, ausblieb. Die Truhe war etwas geöffnet. Er blickte hinein und kramte nach den Erinnerungen seiner Vergangenheit. Wenn er alles gefunden hatte, das die bleiern schwarze Schwere verantworten musste, dann würde er in der Lage sein, den Blick wieder auf das Schöne zu richten.

Das Schöne! Er hatte einst beschlossen, dass es Schönes nur mehr in Deutschland geben konnte. Almuth, seine schöne Frau, seine geliebte Almuth... Julian, das schöne kleine Kind! Die Sonnenuntergänge in den Alpen. Das ewige Gelb der Rapsfelder in Bayern. Die Kühe, braun und weiß gefleckt, irgendwo zwischen Miesbach und Tölz. Das war schön. Sein Begriff von Schönheit war geprägt vom Verdrängen. Das Verdrängte hatte über so viele Jahre keinen Platz mehr gehabt in diesem Kaleidoskop des Bunten und Fröhlichen.

Aber es war da. Die Kiste der Erinnerungen stand im Flur, sie lag im Schrank, er stolperte in der Schule über sie. Die Truhe knarzte auf dem Operationstisch in der Klinik. Selbst als Julian auf die Welt kam, spürte er sie in seinem Nacken. Schluss damit!

Er studierte die Zeitungsberichte über das Morden in Gishyita und der Kibuye-Provinz. Es las sich wie ein steril-nüchterner Bericht einer Inventur. Er selbst hatte Schwierigkeiten, hinter den Zahlen Menschen zu vermuten. Elftausendzweihundertunddreiundsiebzig... Er stellte sich ein Fußballstadion vor. Alle ermordet. Elftausend Tutsi in Gishyita kamen ums Leben. Dreiundvierzigtausend Menschen lebten vor dem Völkermord in Gishyita. Ein Viertel wurde ausgelöscht. Es war die höchste Rat in der ganzen Provinz. Kagabo legte den Finger auf eine Statistik als müsste er sie mit der Hand begreifen. In seiner Gemeinde war der Hass am größten. In seinem Heimatort hatten die Tutsi die geringste Überlebenschance. Andere Statistiken belegten, dass das Morden gleich nach dem Anschlag auf den Präsidenten begonnen hatte und die Hutu-Milizen nicht lange brauchten um in Fahrt zu kommen. Einen Plan mussten sie schon lange gehabt haben. Dann fiel Kagabos Blick auf eine besonders brutale Statistik. Die Menschheit war in der Lage selbst die grausamsten Details der Geschichte sauber und wissenschaftlich aufzuarbeiten. Als würde es einen Unterschied machen, tot war tot, ermordet war ermordet. Ganz gleich ob erschossen, erstochen, erwürgt oder verblutet. Tot war tot. Und dennoch gewann Kagabo aus der Statistik die traurige Gewissheit, dass das Töten in Ruanda harte Arbeit gewesen war. Die Mörder waren nicht feige, sich aus der Entfernung einer Schusswaffe zu bedienen. Eine Kugel in den Kopf gejagt zu bekommen, das war privilegiertes Sterben, vorbehalten einer Minderheit unter den Tutsi. Stand nicht irgendwo, dass reichere Tutsi in den Dörfern und Städten dafür bezahlten, dass man ihnen eine Kugel in den Körper jagte? Kagabo kämpfte mit den Tränen. Über die Hälfte derer, die in der Kibuye-Provinz abgeschlachtet wurden, wurden auch wirklich im wahrsten Sinne abgeschlachtet wie Vieh. Man zerhackte sie mit den Macheten. Ein knappes Fünftel der Opfer, so stand aufgelistet zu lesen, wurde mit Knüppeln, Stöcken oder anderen Schlagwerkzeugen erschlagen. Über vierhundert Tutsi in der Region hatte man einfach bei lebendigem Leibe begraben, achthundert in Flüsse und den Kuvi-See geworfen und ertränkt. Jeweils vierhundert kamen in Latrinen ums Leben oder wurden bei lebendigem Leibe verbrannt. Zwanzig Menschen verhungerten in einem Land, das eigentlich zu dieser Zeit keinen Hunger kannte. Hundert Tutsi wurden gehenkt, zwölf mit Traktoren überfahren. Kagabo spürte, dass ihn diese traurige Statistik, die trocken und ohne Mitgefühl daherkam, weil es eine wissenschaftliche Arbeit war, zu sehr aufwühlte. Er legte das Papier beiseite, stand auf und verließ den ausgekühlten Raum.

Waren diese Statistiken nicht Beleg für die ganze Bandbreite menschlichen Hasses gegenüber anderen? Wie groß musste der Hass der Mörder auf die Tutsi gewesen sein, dass sie Hand anlegten und sie wie Vieh zerhackten. Der sterile Mord durch eine Schusswaffe bedurfte keiner großen körperlichen Anstrengung. Aber eine Machete, ein Beil oder ein Knüppel, das waren Waffen, die man direkt am Gegner einzusetzen hatte, man musste harte Arbeit verrichten. Und das war es, was der Hass-Sender *Mille Collines* von den *guten Hutu* einforderte. *Tut eure Arbeit!* Nie wieder, das schwor sich Kagabo in diesem Moment, würde er - in welcher Lage auch immer - eine Kakerlake zertreten. Denn sein Volk wurde wie Kakerlaken zertreten. Ausgelöscht, sadistisch gequält, während sich andere wie im Rausch daran ergötzten. Ihm wurde schlecht. Und da war sie wieder, die Frage. *Warum bin ich all dem entkommen? Warum nicht Jean Baptiste, der Aufrichtige? Warum nicht auch Maman oder Papa? Nur ich, warum nur ich alleine?* Der Realist in Kagabo machte ihm verständ-

lich, dass es keine Antwort auf diese Frage geben werde, niemals in seinem ganzen Leben würde er auf diese
Frage eine Antwort bekommen. Er konnte einen Gott
bemühen und diesen um Erklärung bitten. *Warum, oh
Herr, hast du mich überleben lassen?* Aber hatte er diese
Frage so nicht schon millionenmal Gott gestellt und
keine Antwort erhalten? Kagabo war zu dem Entschluss gelangt, dass Gott nicht existierte. Schon als
Jugendlicher war für ihn klar, wenn es einen Gott geben sollte, dann hat er die Menschen verlassen um sich
anderen Dingen zuzuwenden. Er hatte die Tutsi nicht
beschützt. Das Beten war umsonst gewesen. Eine Mil-
lion Menschen hatte dieser Gott im Stich gelassen.
Das war keine Probe, keine Aufgabe, das war der dun-
kelste Teil der menschlichen Seele. Diese menschliche
Unart, die sich in diesen Tagen des April und Mai und
Juni 1994 an die Oberfläche kämpfte, konnte ein Gott
nicht zulassen, wenn es ihn in genau der Form gäbe,
wie es die Kirchenmänner propagierten.

In den Dörfern der Kibuye-Provinz und auch
in seinem eigenen Dorf gab es Priester, die bewusst
Tutsi an die Hutu-Milizen ausgeliefert hatten. Kagabo
hatte einen Bericht gefunden, in dem zu lesen war,
dass Priester, Nonnen oder Mönche Tutsi in eine Kirche baten. Dort, so dachten die tief gläubigen Menschen, wären sie sicher. Kirchen waren Schutzräume.
Dort war man gut aufgehoben. In der Obhut des

Herrn und seiner irdischen Vertreter. Und es gab ja auch die zahlreichen Nachrichten, dass weiße Ordensschwestern halfen und Kinder versteckten, dass Priester in ihren Häusern Tutsi untergebracht hatten. Aber war es wirklich eine Tat Gottes? War das nicht einfach humanes Verhalten? Und dann diese Kirchenleute, die Tutsi in die Gotteshäuser luden. *Hier seid ihr sicher! Kommt herbei!* Am Ende waren es Fallen. Irrglaube, dass Sicherheit und Geborgenheit unter dem Kreuz zu erwarten waren. Es war der Ort des Abschieds, des blutigen Gemetzels an hunderten Tutsi.

Kagabo musste nach anderen Antworten suchen. So blieb er einfach bei der einfachsten aller Lösungen: Zufall und Glück. Es war am Ende Zufall, dass er entkam. Und eine Menge Glück. Er war ein Kind zweier Kakerlaken. Ein Kakerlakenkind, das nicht zerquetscht wurde. Mit einem Mal spürte er, dass er nun erwachsen genug war, nicht nur nach den Spuren zu suchen, sondern, dass er auch reif genug war, die Menschen vor dem Menschen zu warnen. Es fiel ihm wie Schuppen von den Augen. Seine Aufgabe war es, Kinder und Jugendliche davor zu warnen, dass man täglich hart dafür arbeiten musste, dass eine Wiederholung der Geschichte nicht mehr möglich würde. *We are citizens of the Republic of Rwanda.* Das hatte er gelesen und gehört und verstanden. Tutsi und Hutu, das waren nun keine Kategorien mehr, in die man die Einwohner stecken durfte. Aber man musste an der Mitmenschlichkeit arbeiten, wenn man wirklich ausschließen wollte, dass Hass gesät werde. Und wenn Hass entflammte, so galt es, diese Flammen zu bekämpfen. Friedlich und ohne Gewalt. Und außerdem wurde Kagabo bewusst, dass er seiner Heimat etwas schuldete. Sie hatte ihn gehen lassen. Entkommen. Entfliehen. Er hatte das Leben eines deutschen Jugendlichen führen dürfen. In einem warmen Wohnhaus. Bei einer liebevollen Tante und einem herzensguten Onkel. Er durfte lernen und studieren. Hatte Freunde gefunden, die von überall her kamen. Er erinnerte sich genau in diesem Augenblick an den grantelnden Großvater von Niko. Sepp Greilinger. Sein Grant hätte aber nie gereicht, um Hass blühen zu lassen. In der vermeintlichen Hartherzigkeit lag immer noch soviel Wärme, dass Mitmenschlichkeit gedieh. Und am Stammtisch war der Greilinger der erste, der aufstand um gegen plumpen Fremdenhass anzureden. *Halt's Maul!* hatte er den jungen Kerl angeraunzt, der von der Überfremdung sprach und die Flüchtlinge *in langen Zügen abtransportieren lassen* wollte. Greilinger wusste genau, welches Bild gemalt wurde, wenn Züge voller Menschen dazu dienten, diese *abzutransportieren.* Was den Juden im zweiten Weltkrieg galt, galt den Tutsi im ausgehenden zwanzigsten Jahrhundert in Ruanda. Aber hatten sie nicht nach dem Krieg immer und immer wieder betont: *Nie wieder!?* Das war der Menschheit nicht gelungen. Da hatten sie weggesehen, als in Ruanda die Macheten sich den Weg durch die verwundbaren Körper bahnten. Wann war Völkermord denn wirklich Völkermord? Kagabo spürte Dankbarkeit, dass er Freunde hatte, die ihn aufgefangen hatte. Er mochte nun aber auch erkunden, wie es denen ergangen war, die hier in Ruanda geblieben waren. Vielleicht sollte er wirklich eine Zeitlang für Doktor Gasana arbeiten, dachte er bei sich und spürte sofort einen Stich in seiner Brust.

Der Gedanke war nun gedacht und ließ sich nicht mehr auslöschen. Aber Kagabo wusste sofort auch tief in sich, dass dies eine nicht zu überwindende Belastung für seine Ehe bedeuten musste.

*

Am nächsten Morgen ließ er sich von einem Taxi aufs Land fahren. Er hatte eine Adresse von Yves bekommen. Dort sollte eine Schulfreundin von ihm leben. Er hatte mit ihr immer noch Kontakt gehabt als der Völkermord bereits in vollem Gange war. Ein kleiner Hügel außerhalb Kigalis. Nur zwanzig Kilometer von der Hauptstadt entfernt. Eine erste Anlaufstelle war es, mehr nicht. Kein Straßenname - so etwas gab es auf dem Hügel nicht. Er wusste nicht einmal, wo in dem Weiler er es probieren sollte. Nach fast zweistündiger Fahrt über holprige Schotterwege erreichte der Fahrer eine dörfliche Siedlung. Kagabo stieg aus und schlenderte neugierig umher. Kinder umringten ihn. Ein Fremder! Ein Unbekannter! Wer bist du? Wo kommst du her? Aus Deutschland? Du lügst, da sind die Leute weiß... Er blieb stehen und ließ sich gefällig Dutzende Fragen stellen. Dann kam ein Jugendlicher auf ihn zu, vielleicht schon vierzehn oder fünfzehn Jahre alt.

Wer bist du wirklich?

Meine Familie kommt aus Ruanda. Wir mussten gehen als es 1994 zum Krieg kam. Ich habe meine Eltern verloren und meinen Bruder. Mein Onkel hat zu dieser Zeit bereits in Deutschland gelebt und gearbeitet, deshalb durfte ich zu ihm.

Was machst du hier? Kommt deine Familie von hier?

Nein, wir kommen vom Kivu. Aber eine Bekannte meines Onkels soll hier leben. Kagabo zeigte dem Jugendlichen den Zettel mit dem Namen. Filonne Sentwali. Der Junge las indem er den Finger langsam über die Buchstaben gleiten ließ. Er hatte Schwierigkeiten mit der europäischen Handschrift, sprach langsam die Buchstaben. Nach einem Anlauf übernahm Kagabo: *Filonne Sent-wal-i!* sagte er betont. Der junge Mann lächelte. *Madame Filonne!* Ja, die kannte er wohl. Sie war Lehrerin an der Schule im Ort. Er deutete den Hügel hinauf. *Geh um den Hügel herum. Dann musst du noch einen*

Kilometer bergauf laufen, dort liegt die Schule auf einem Plateau. Dort ist Madame Filonne Lehrerin.

Kagabo bat seinen Fahrer, ihn zu dieser Schule zu bringen. Würde er dort auf den ersten Menschen treffen, der eine Verbindung zu seiner eigenen Vergangenheit herstellte? Er spürte eine gewisse Aufregung in sich, merkte, dass sein Herz etwas schneller zu schlagen schien.

Der Wagen klapperte weiter die Anhöhe hinauf. In einem Halbrund fand sich dort eine Schulanlage. In eine solche Schule war auch er gegangen. Einzelne Erinnerungen kamen in Kagabo hoch. Der Geruch von morschem Holz. Das Kratzen der billigen Kreide auf den schiefen Tafeln. Die knarzenden Holzbänke. Hier in Ruanda hatte sich fast nichts geändert.

Die Klassenzimmer bestanden aus einfachen Gebäuden, die rund um ein Steinplateau angereiht waren. Einfache, aus Stein gebaute Häuschen, deren Wände dank Lehm zusammenhielten. Kein Glas in den Fenstern, zugig und kalt an manchen Tagen. Steinböden, sandig und staubig.

Er stieg aus und sah sich sofort umringt von zahlreichen Schülern. Sie trugen grüne und beige Schuluniformen. Kagabo war fast ein wenig erschrocken. Etliche der Schuluniformen wirkten zerschlissen und zerlumpt. Die Armut in jener Gegend musste groß sein. Und dies nur wenige Kilometer außerhalb der Hauptstadt Kigali, wo Kagabo immer wieder überrascht worden war, wie ordentlich sauber und mittlerweile an etlichen Stellen auch wohlhabend das Land geworden schien.

Ein Lehrer kam auf Kagabo zu und begrüßte ihn freundlich. Auf Kinyarwanda sprach er ihn an und fragte nach dem Grund seines Besuches. Kagabo erklärte höflich, dass er auf der Suche nach Madame Filonne Sentwali war. Der Lehrer nickte und meinte, sie sei die Rektorin der Schule und er würde sie zu ihr bringen.

Über einer Tür war in krakeliger Schrift *Direction* zu lesen. Darin befand sich ein dunkler Raum, auch hier war das Fenster ohne Glas und es zog. Ein hölzerner Schreibtisch, nicht größer als ein Pult für die Schüler. Darauf fielen die zahlreichen Unterlagen - unsortiert und scheinbar wirr angeordnet - sofort auf. Rund um den Schreibtisch standen drei wackelige Holzstühle und davor stand eine Sitzbank. Kagabo musste schmunzeln. Ließ Madame Filonne hier Schüler niederknien, die sich etwas zu Schulden hatten kommen lassen? Aber auch auf der Bank fanden sich

Aktenordner, Bücher, ein dicker Schlüsselbund und Stifte.

Auf der anderen Seite des Raumes stand ein vielleicht fünf Meter langes Regal. Wackelig und aus Sperrholzbrettern nur notdürftig zusammengenagelt. Darin lagen zerfledderte Bücher, Hefte und auch ein Globus war zu finden. Es war der Schatz der Schule. Der Lehrer erklärte Kagabo, dass wenn immer man Bücher haben wollte, um sie im Unterricht einzusetzen, man bei Madame Filonne nachfragen und sich sauber in eine Liste eintragen musste. Kagabo musste kurz daran denken, wie oft Lehrer und Schüler in seiner Schule über die Bücher geschimpft hatten. Hier aber war man nicht einmal in der Lage, jedem Schüler für jedes Schuljahr die Bücher zur Verfügung zu stellen. Kagabo blätterte einige Bücher durch. Es waren Spenden aus Frankreich und Belgien, das Geographiebuch stammte aus Deutschland. Es war ein Buch einer deutschen Hauptschule aus Rheinland-Pfalz. Ein ganzer Klassensatz hatte sich hier in diesem Regal eine zweite Existenz gesichert. Kagabo konnte gut verstehen, dass die Kinder hier mit diesen Büchern nichts anfangen konnten. Sie verstanden kein Deutsch, sprachen schon sehr schlecht Französisch und oft gar kein Englisch. Deutsch war keine Fremdsprache, die in Ruanda unterrichtet wurde, auch wenn Deutschland vor gefühlten Urzeiten einmal als Kolonialmacht hier zugange war. Aber sollte man eine lieb gemeinte Spende einer anderen Schule ausschlagen? Vielleicht erwiesen sich ja Bilder, Darstellungen oder Landkarten irgendwann einmal als nützlich. Und so lagerten die Geographiebücher aus Deutschland wie ein unberührter Schatz in dem windigen Regal, während die Französischbücher des Bildungsministeriums nur mehr aus einzelnen, zerfledderten Seiten bestanden, die auseinanderfielen, zerrissen und oftmals kaum mehr als Bücher zu erkennen waren.

Gerade als Kagabo nach dem Globus greifen wollte, betrat eine ältere Dame die Direktion. Sie war in Yves Alter, wirkte aber älter. Sie trug kurze, glatte Haare, die leicht gewellt und bereits grau geworden waren. Auf der Nase hatte sie eine Brille, die golden ein auffälliges Zentrum ihres Gesichtes bildete. Ihr Kleid bestand aus einem langen Rock und einem dazugehörigen weiten Oberteil. Beides in kräftigen Farben, blau und orange dominierend. Ihr Gang war selbstbewusst, würdevoll und ihre ganze Erscheinung machte sofort klar, dass Widerspruch in allen Lagen des Lebens zwecklos sein würde. Dennoch strahlte sie etwas Sympathisches und Warmherziges aus.

Sir, wie kann ich Ihnen helfen! sprach sie Kagabo auf Englisch an. Der junge Lehrer wies Kagabo einen der drei Stühle zu und bat ihn, sich zu setzen. Dann brachte er zwei Gläser Wasser von draußen herein und schloss die Türe. Kagabo merkte, wie sich vor der Direktion zahlreiche Schüler sammelten, die alle lachend und schnatternd versuchten, zwischen den Spalten der Tür hineinzublicken. Wer war der Fremde, der die Direktorin sprechen wollte?

Kagabo stellte sich vor, sagte, dass er zwar etwas Kinyarwanda verstand und es in seiner Kindheit auch sprechen konnte, aber mittlerweile nicht mehr besonders gut. Er dankte Madame Filonne, dass sie sich Zeit genommen hatte und Englisch mit ihm sprach. Die Direktorin nahm einen Schluck Wasser und forderte Kagabo auf, weiterzusprechen, ohne selbst ein Wort zu sagen.

Vor knapp einem Vierteljahrhundert habe ich Ruanda verlassen. Seitdem bin ich nie wieder hier gewesen. Meine Eltern, meine Großeltern und mein Bruder haben das Gemetzel 1994 nicht überlebt, sagte Kagabo und Madame Filonne nickte.

Ich wuchs bei meinem Onkel und meiner Tante auf. Sie leben in Deutschland, haben dort Fuß gefasst. Auch ich wurde im Laufe der Zeit zu einem Deutschen. Heute bin ich mit einer Weißen verheiratet und es kommt mir so normal vor, dass ich in einem Krankenhaus in München als Kinderarzt arbeiten kann. Ich habe einen kleinen Sohn, der erst ein paar

93

Monate alt ist. Sicherlich werden Sie sich fragen, warum ich Ihnen all das erzähle?

Madame Filonne blieb wie angewurzelt sitzen und nach einer kurzen Weile, schüttelte sie den Kopf. *Germany! Allemagne!* sagte sie dann. *Yves und Mutesi! Du bist ihr Neffe, den sie wie einen Sohn...* Dann brach sie in Tränen aus. Es war ein kontrollierter, selbstbestimmter Gefühlsausbruch. Aber es gelang der Schulleiterin nur schwer, die Tränen wieder zu verbergen, die immer zahlreicher ihre Wangen herunter kullerten. *Kagabo! Kagabo... Du bist Kagabo!*

Madame Filonne stand auf und nahm den jungen Mann vorsichtig in den Arm. *Ich hatte nicht gedacht, dass ich eines Tages wieder etwas von deiner Familie hören würde,* sagte sie.

Vor der Direktion hatte sich in der Zwischenzeit fast die gesamte Schule versammelt. Ein wildes Geschnatter machte sich breit, als die Direktorin mit dem fremden Gast vor die Türe trat. Auf Kinyarwanda erklärte sie den Schülerinnen und Schülern, dass der Monsieur aus Deutschland gekommen sei um etwas über das Leben in Ruanda zu erfahren. Sie erzählte den Schülern, dass Kagabo vor dreißig Jahren in Ruanda geboren worden war, aber nach dem Krieg das Land habe verlassen müssen. *Heute ist er zurückgekommen um zu sehen, wie wir in Ruanda leben.*

Sie nahm Kagabo beiseite und flüsterte ihm zu: *Wenn du ihnen etwas vom Leben in Deutschland erzählst, dann mach es so, dass sie nicht alle sofort los wollen!* Dabei schmunzelte sie. Um ihre Nase bildeten sich kleine Fältchen. Madame La Directrice hatte ihre Fassung wiedergefunden und strahlte eine besonnene Ruhe aus.

Kagabo begleitete die Schulleiterin in eine der höheren Klassen. Dort saßen nicht ganz zwanzig Kinder in den Bänken. Angespannt, aufmerksam und voller Erwartungen. Sie starrten Kagabo neugierig an. Ein schwarzer Deutscher? Ein Weißer, der farbig war? Ein Rückkehrer? Ein Fremder und doch einer von ihnen?

Der junge Arzt war sich nicht sicher, wie er seine Geschichte beginnen sollte. Hatte er damals in der Schule das Referat über Ruanda noch strikt abgelehnt, konnte er hier nicht kneifen. Aber was sollte er über 1994 sagen? Wie ging man in den Schulen in Ruanda mit dem Völkermord um? Es gab keine Klassifizierung mehr in Tutsi und Hutu. Alle waren Bürger des Staates Ruanda. Er entschied sich, die Zeit vor 1994 kurz zu fassen.

Ich komme aus Gishyita. Kennt ihr vielleicht, sagte er schüchtern. Ein paar Schüler nickten. Drei Mädchen tuschelten. Sie fanden wohl sein stockendes Kinyarwanda witzig. *1994 kam meine Familie ums Leben. Ich überlebte. Aber das ist nicht das, was euch vermutlich interessiert.* Er war froh, diesen Teil der Erzählung ohne Nachfragen überstanden zu haben. Hier in diesem Land war es normal. Der Tod war in allen Familien trauriger Gast gewesen. Entweder weil sie Angehörige verloren hatten oder weil irgendwer als Kakerlakenjäger den Tod benutzte um eine Aufgabe zu erledigen, die man nur an schwärzesten Tagen zuende denken konnte ohne Ekel zu fühlen.

Ich hatte das Glück, dass mein Onkel und meine Tante zu dieser Zeit bereits in Deutschland lebten. Ungefragt stand ein Schüler auf und lief an die die Karte, die an der Wand hing. Eine vergilbte Weltkarte. An einem Nagel aufgehängt, der zwischen den Stein in den Lehm gejagt worden war. *Political World Map* stand auf der Landkarte. Der Junge deutete auf Deutschland. Stolz, dass er wusste, wo es lag, zeigte er zweimal mit dem Finger auf die Karte. Kagabo ging zu ihm und nickte. Dann fiel ihm auf, dass diese Karte bereits sehr alt sein musste, denn sie zeigte eine lang überkommene politische Weltordnung. Anstelle von Russland las er UdSSR und Deutschland war geteilt in Ost und West. Ruandas Nachbarland hieß Zaire und auf dem Gebiet Südafri-

kas gab es ein unabhängiges Homeland namens Bop-
huthatswana. Auch Äthiopien und Eritrea waren noch
eins. Es war eine Karte aus den 1970er Jahren. Kagabo
sagte, dass der Junge richtig lag, die Karte aber wohl
nicht mehr ganz aktuell war. *Richtig, da fehlt uns das
Geld, eine neue zu kaufen,* sagte Madame Filonne sichtlich etwas genervt, dass der fremde Gast sofort auf
Missstände aufmerksam gemacht wurde. Kagabo war
es unangenehm, etwas thematisiert zu haben, was besser unausgesprochen blieb.

Madame Filonne lief zu dem Schüler und tu-
schelte mit ihm. Er nahm wieder Platz und nickte.
Dann konnte Kagabo weiter erzählen. *Ich bin in eine
deutsche Schule gegangen. Die ist auch nicht viel anders als
eure. Gut, sie bestand aus nur zwei Gebäuden, die dafür aber
waren höher und größer. Aber wir haben auch Tische und
Stühle wie ihr und unsere Lehrer haben auch auf Tafeln unsere Hausaufgaben geschrieben.*

Ihm fiel auf, dass die Grundlagen wirklich
überall dieselben waren. Der Lehrer schrieb, erklärte,
las vor, verbesserte, korrigierte, beurteilte und stellte
ein Zeugnis aus. Aber die Ausgestaltung des Schulle-
bens, die Bildungsinhalte waren doch ganz andere. Die
Qualität der Bildung und Erziehung, die man genoss
hing davon ab, wo man geboren wurde. Computer im
Klassenzimmer, Tageslichtprojektoren, Kopiergeräte…

all das war hier fremd. Es gab nicht einmal Strom. Wasser auf den Toiletten war ebenfalls fremd. Man hatte Latrinen, große und tiefe Löcher im steinigen Boden, umringt von zahllosen aggressiven Fliegen.

In dem Augenblick, in dem Kagabo in die Augen dieser Schüler blickte, wurde ihm erneut bewusst, welches Glück er gehabt hatte mit seiner Schule. Förderung war wirklich förderlich und nicht ausschließlich vom Geldbeutel abhängig gewesen. Er hatte es vom Realschüler in einem der weniger privilegierten Viertel Münchens zu einem gut bezahlten Kinderarzt an einer Klinik geschafft. Das wäre vermutlich in Ruanda niemals passiert. Hier ging zur Schule, wer von den Eltern nicht auf dem Feld gebraucht wurde. Nur dann, wenn es die Eltern sich leisten konnten, durfte man zur Schule gehen. Manchmal war der Schulweg lang, weit und steinig. Kagabo fühlte sich schuldig. Es fiel ihm wie Schuppen von den Augen. Der Genozid war der Grund, warum er in Deutschland ausgebildet werden konnte, warum er Sicherheit und Wohlstand erleben durfte. Der sinnlose Tod Hunderttausender war seine Chance geworden. Er hatte überlebt und er hatte die Möglichkeit bekommen, fernab der armen Heimat zu studieren - und dies nur wegen all des Grauens. Wäre der Völkermord nicht passiert, hätten Hutu nicht Tutsi als Kakerlaken bezeichnet, wäre er nie in den Genuss dieses Wohlstands gekommen. Er würde heute mit Papa und Maman und seinem Bruder Jean Baptiste auf dem Hügel in Gishyita leben, vermutlich einem Handwerksberuf nachgehen oder von der Landwirtschaft leben. Vielleicht hätte er ab und an Besuch vom reichen Onkel aus Deutschland bekommen und davon geträumt, eines Tages selbst dort zu sein. Aber ob er wirklich je ein Visum erhalten hätte, ist ungewiss. Nur der Tatsache, dass er als Kakerlakenkind dem Tod ins Auge blickte, irgendein Zufall ihn aber gerettet hatte, verdankte er dieses Geschenk. Kagabo spürte kurz einen Würgereiz in sich aufsteigen. Dieses plötzliche Schuldgefühl machte ihn sprachlos. Wie sollte er weiter zu den Kindern sprechen? Sie waren ihm fremd, aber sie waren wie er früher und er wäre wie sie, wenn 1994 nicht alles anders geworden wäre. Allein der Gedanke daran, dass der Preis für seinen Wohlstand und seine gute Ausbildung extrem hoch war - er hatte bis auf Onkel Yves und Tante Mutesi - die gesamte Familie verloren-, nahm ihm kurz diesen stechenden Schmerz der Ohnmacht.

Kagabo beantwortete noch ein paar Fragen der Schüler und ging dann mit Madame Filonne wieder nach draußen. *Das ist unser Schulhof, der Versammlungsort und der Pausenbereich,* sagte sie und deutete auf das felsige Plateau. Hier spielten einige Jungen Fußball, Mädchen liefen hinter einem Huhn her, das aufgeregt über den staubigen Platz schnatterte. Eine Lehrerin, dem

Anschein nach selbst kaum zwanzig Jahre alt, saß unter einem Baum und blätterte in einem Buch, bereitete in Seelenruhe eine Unterrichtsstunde vor und kümmerte sich nicht weiter um die Kinder rings herum. Es wirkte alles sehr friedlich und trotz des Staubs und des Durcheinanders der Kinder machte die ganze Schule auf Kagabo einen sehr organisierten Eindruck.

Komm' heute Abend zu mir und meinem Mann zum Essen, Kagabo. Es gibt so vieles zu erzählen. Ich möchte alles über Yves Leben in Deutschland wissen und sicherlich bist du gekommen um zu erfahren, wie das Leben hier in Ruanda nach 1994 weiterging. Kagabo nickte und nahm die Einladung sehr gerne an.

Er ließ sich von seinem Fahrer zurück in sein Hotel fahren, warf sich erschöpft aufs Bett und fiel in einen leichten Dämmerschlaf. Obwohl es keine körperliche Anstrengung war, sich im Auto von einem zum anderen Ort fahren zu lassen, hatte ihn der Besuch an der Schule sehr mitgenommen. Im Traum erschien ihm erneut seine Mutter, forderte ihn auf, alles in Erfahrung zu bringen. *Suche deine Vergangenheit, finde deine Seele in mir!* hörte er Maman sagen.

Als er nach zwei Stunden wieder erwachte, fühlte er sich immer noch matt und ausgelaugt. Draußen war es bereits dunkel geworden und Kigali erschien ihm wie ein Leuchtfeuer tausender Lichtkegel. Zudem erklang die Stadt erneut in einer Kakophonie zahlloser Geräusche. Kagabo öffnete die Terrassentür und ging nach draußen. Wie ihm schien war er der einzige Gast im gesamten Hotel. Er nahm sein Mobiltelefon und wählte Almuths Nummer.

Es tat gut, ihre Stimme zu hören. Sie klang weich, vertraut und europäisch. Kagabo vernahm sie als Heimat, fühlte sofort Nähe. Es tat ihm in der Seele weh, dass er das Gefühl hatte, ihr sagen zu müssen, dieser Tag ihm gezeigt habe, er müsse hier etwas für seine Heimat tun. Er erzählte ihr, dass er sich auf die Suche nach Filonne Silawati gemacht hatte, *du weißt, die Bekannte von Yves. Er hatte mir doch den Zettel mitgegeben.* Almuth erinnerte sich. *Ich werde sie und ihren Mann später zum Abendessen besuchen. Sie ist Direktorin einer kleinen Schule auf dem Land. Ich hab diesen Hügel heute gefunden. Manche Schüler sind zwei Stunden zu Fuß unterwegs um in die Schule zu kommen. Es fehlt an allem. Filonne selbst wohnt etwas unterhalb. Wir brauchten ewig dort hin und mir graut davor, dass wir von dort heute Nacht noch zurück fahren werden.* Almuth bat ihn, vorsichtig zu sein, erzählte von Julian und dem Wetter in München.

Ich habe das Gefühl, Schatz, dass ich Ruanda einen Gefallen schuldig bin. Der Zufall hat mich 1994 entkommen lassen. Jetzt muss ich helfen. Die Menschen sind arm, aber so froh und freundlich. Ich werde noch einmal zu Doktor Gasana fahren. Almuth hielt inne. Das konnte am Ende bedeuten, dass ihr Mann sich entscheiden würde, länger zu bleiben. Und sie hatte ihn dazu auch noch ermutigt. Das machte ihr Sorgen. Kagabo spürte die kurze Pause. Er spürte, dass Almuth genau diese Frage plagte. Kommt er am Ende nicht zurück?

Almuth, mein Liebling, sagte er langsam, ruhig und bemüht sanft, *ich werde wieder zu euch zurückkehren. Daran sollst du nicht zweifeln. Ich suche nach einer Möglichkeit, hier in Ruanda zu helfen, etwas für mein Land zu tun und trotzdem bei euch zu bleiben, in München - daheim.*

IX

Im Haus roch es nach Essen. Gemüse schmorte auf dem gusseisernen Herd unter dem ein offenes Feuer glimmte. In einem Topf köchelte Reis vor sich hin. Madame Filonne stand vor dem Herd und hantierte mit einem Messer herum. *Es freut mich sehr!* rief sie in den Raum hinein. Die Küche war Teil des Wohnraums. Das Haus war für die Verhältnisse auf dem Land recht groß. Kagabo erinnerte sich an das Haus seiner Kindheit. Das hatte aus drei Räumen bestanden. Den Wohn- und Kochraum, ein Schlafzimmer für die Eltern und eines für die Kinder. Ihr Haus damals war auch relativ groß. Sein Vater hatte eine kleine Herde Vieh, etwas Land und hatte erfolgreich mit Tee gehandelt. Etliche Häuser der einfachen Bevölkerung bestanden nur aus einem einzigen Raum. Vielleicht waren Schlafbereich und Wohnraum mit einem Vorhang abgetrennt, mehr auch nicht.

Madame Filonne und ihr Mann Armand besaßen ein schönes Haus mit einem großen, gepflegten Garten, einer angelegten Terrasse und mehreren Zimmern. Im Wohnbereich, an den sich nach amerikanischem Vorbild die Küche anschloss, standen ein großer Esstisch, mehrere Stühle und ein Sofa mit zwei Sesseln. Im Hintergrund prasselte das Feuer eines Kachelofens und an der Wand stand auf einem kleinen Tischchen ein Fernseher aus dem unaufhörlich die leise, aber krächzende Stimme eines Nachrichtensprechers zu vernehmen war.

Armand war aufgestanden um den Gast zu begrüßen. Er reichte Kagabo die Hand und fragte ihn, ob man Kinyarwanda, Englisch oder Französisch sprechen solle, denn Deutsch sei ihm fremd. Sie einigten sich auf eine Mischung aus Kinyarwanda und Englisch. Armand war ein höflicher, aber sehr unnahbarer Mann, der so ganz anders wirkte als seine aufgeschlossene Frau. Armand fragte, ob Kagabo ein Bier trinken wolle und brachte dazu noch Softdrinks und Mineralwasser zum Tisch. *Was machen Sie in Deutschland beruflich?* wollte er vom Gast wissen. Kagabo erzählte vom Studium und von seiner Arbeit als Kinderarzt in der Klinik. Armand nickte. Er erzählte dann von sich. Nach 1994 war er einige Jahre Bürgermeister der Gemeinde gewesen, zu der der Hügel gehörte. Er habe vor einem Jahr aufgehört zu arbeiten, sei nun in einem Alter, wo man in Europa in Rente gehe, hier in Ruanda sei das alles etwas schwieriger. *Wissen Sie, mein Herz ist nicht mehr das Beste. Ich habe viel durchgemacht in meinem Leben. Meine Frau war 1993, 94 in ständiger Angst, sie würde ermordet. Ich hatte Glück, ich war Hutu und hatte Einfluss. Ich bewegte mich ständig mit der Angst, sie würden mich als Verräter auch umbringen. Wir hatten sieben Nachbarn versteckt gehalten auf unserem Grundstück. Nach dem Krieg war ich dann*

Bürgermeister und habe in Kigali in einem Hotel eine leitende Stellung innegehabt. Kagabo schmunzelte. *Sie waren also der Paul Rusesabagina Ihres Hügel?* Armand lachte hustend lauthals auf. *Nein, nein. Ich kenne den Film ‚Hotel Ruanda' natürlich auch. Und auch die Geschichte, die sich um das Hotel Mille Collines rankt. Aber die Realität bei mir sah anders aus. Ich war die ganze Woche in Kigali. Mein Arbeitsplatz in meinem Hotel war der Schreibtisch. Ich hatte mit Zahlen zu tun, Rechnungen, Bestellungen. Wenn ich nach Hause kam, war ich damit beschäftigt, die Dinge im Dorf zu regeln. Zweimal in der Woche durfte ich nachmittags ins Dorf. Sie können sich sicherlich vorstellen, dass ein Bürgermeister, der nicht dauernd erreichbar ist, keinen guten Stand in seinem Dorf hat. Außerdem wird die Rolle von Rusesabagina heute sehr kontrovers diskutiert. Es gibt Stimmen, die behaupten, er wäre alles andere als ein Held gewesen. Man erzählt sich, er habe die fliehenden Tutsi ausgenutzt, ihnen Geld abgenommen. Mancher sagt, er hatte einzig durch Unmengen Alkohol dafür gesorgt, dass seinem Hotel nichts widerfährt. Ich habe gelesen, dass er sich sehr gegen diese Vorwürfe wehrt. In einem Interview hat er einmal gesagt, er wundere sich, warum es fast fünfzehn Jahre gedauert habe, bis jemand diese Kritik äußerte. Wissen Sie, ich weiß nicht, wem ich glauben soll und was ich glauben darf. Vielleicht war Paul einfach beides. Ein guter Mensch, der anderen helfen wollte, der aber auf der anderen Seite in all diesen Wirren auch seinem eigenen, materiellen Vorteil nicht widerstehen konnte.*

105

Kagabo nickte und sog den Geruch der Gewürze in sich auf, den er von der Küchenzeile her vernahm. Filonne kam herüber und trug das Essen auf. Sie erklärte, dass ihr Mann und sie selbst dank ihrer guten Stellung zu den wenigen Leuten in der Gemeinde zählten, die es sich leisten konnten, Fleisch zu kochen, wenn spontan ein Gast kam. *Das könnt ihr euch gar nicht mehr vorstellen,* feixte sie. *Aber nun, Kagabo, erzähl von Yves und Mutesi. Ich will alles wissen!* Schon vom ersten Bissen an wusste Kagabo, dass Filonne nicht nur eine außergewöhnliche Pädagogin war und zudem einen sehr feinen Humor besaß, sondern auch hervorragend kochen konnte.

Der Abend verlief dennoch anders, als Kagabo sich das erhofft hatte. Denn anstelle etwas über das Leben von Yves und Mutesi damals in Ruanda zu erfahren und damit auch einen Einblick in seine eigene Vergangenheit zu bekommen, musste er fast den ganzen Abend lang Geschichten aus Deutschland erzählen. Während Armand nicht viel sprach, drängte Filonne immer wieder auf neue Geschichten und war sehr wissbegierig. Das Wetter in Deutschland... Die Häuser... Das Essen... Welche Aufgaben hat Yves dort genau? Was macht Mutesi? Kagabo hatte Schwierigkeiten mit all seinen eigenen Fragen durchzudringen. Zu schwach waren seine Erinnerungen an die Vergangenheit. Er war acht gewesen und hatte vieles auch sehr erfolgreich verdrängt. Aber wären solche Begegnungen nicht die Chance gewesen, Vergrabenes wieder zum Vorschein zu bringen?

Gegen halb elf fragte der Fahrer nach, ob es möglich wäre, sich auf den Rückweg zu machen, denn es würde fast bis Mitternacht dauern, ehe man das Hotel in Kigali erreicht haben würde. Armand und Filonne protestierten, baten beide Männer in ihrem Haus zu bleiben. *Fahrt nicht durch die Dunkelheit!* bat Filonne den Fahrer. Der aber bestand darauf, zu fahren. Er bot Kagabo an, ihn am nächsten Tag wieder zu holen. Das aber wollte Kagabo nicht. Der Fahrer, der die ganze Zeit vor dem Haus im Wagen gewartet hatte und es ablehnte, mit einzutreten, erzählte, dass seine Frau hochschwanger sei und sie noch ein zweites kleines Kind hatten, das nachts ab und an wach wurde. Da wollte er nicht außer Haus übernachten. Kagabo verstand das nur zu gut und musste an seinen eigenen Sohn Julian denken, der um diese Zeit sicherlich friedlich in seinem Bettchen schlief.

Filonne und Armand dankten Kagabo für die vielen Geschichten aus Deutschland. *Wenn ich das Geld zusammen habe und ein Visum bekomme, komme ich dich besuchen. Allein schon um endlich U-Bahn zu fahren,* lachte Filonne. Dann nahm sie den Wiedergefundenen in den

Arm. Kagabo hatte bereits die letzte halbe Stunde vor der Abfahrt mit einer Frage gekämpft. Er hatte nicht den Eindruck gewonnen, dass Filonne das Vergangene komplett verdrängen wollte. Daher gab er sich einen Ruck: *Filonne, würdet ihr mir auf der Suche nach meiner Familie helfen? Ich will wissen, was mit Maman, Papa, Jean Baptiste oder auch Grandmère Valérie und Grandpère Vedaste damals geschehen ist!* Armand und Filonne nickten beide stumm. Am darauffolgenden Freitag würden sie gemeinsam von Kigali aus in Richtung Kivu-See starten und in Gishyita nach den Spuren der Familie suchen. *Das sind wir den Ahnen schuldig und wir hoffen, dass es dir inneren Frieden bescheren kann,* sagte Armand ruhig. Dabei legte er Kagabo den Arm väterlich auf die Schulter.

Die Scheinwerfer bahnten sich ein dumpfes Licht durch sanfte Nebelschwaden. Wer europäischen Lichterglanz und fein säuberliche Klarheit der Strukturen gewohnt war, konnte Angst bekommen. Das Land war düster, dumpfe Kühle hatte den Hügel vereinnahmt. Langsam mühte sich das Auto hinab, schaukelte mal links, mal rechts. Kagabo blickte nach draußen, versuchte im Freien Bäume, den Weg oder Gebäude auszumachen. Ab und an tauchte das Flackern eines Feuer auf. Äste hingen über den Weg, den man hier wohl Straße nannte. Zu Hause in Bayern gab es solche Weg nur mehr in den Bergen und dann waren es Wanderwege für den Freizeitsport.

Du weißt, dass Kagabo eigentlich ein Familienname ist, sagte der Fahrer und Kagabo hatte das Gefühl, ein Gespräch sollte in diesem Moment vor allem dazu dienen, Müdigkeit zu besiegen. *Es ist wohl beides,* gab er zurück. *Mein Onkel sagte mir, es gäbe auch einen Hügel der so heißt.* Der Fahrer nickte schweigend, wartete einen Moment. Nachdem das Fahrzeug in eine tiefe Furche gesunken und mächtig durchgeschüttelt worden war, gab er zur Antwort: *Weit drüben im Osten Ruandas, da gibt es einen Hügel der so heißt, das ist richtig. Vielleicht kommt deine Familie ja von dort.*

Das glaube ich nicht, sagte Kagabo, *was hätten meine Eltern sonst ihr Leben lang in Gishyita gemacht - unweit des Kivu-Sees?* Der Fahrer zuckte mit den Schultern. *Wer weiß es schon. Wir waren immer unterwegs. Und viel zu viele von uns waren auf der Flucht. Noch heute hocken sie oben im Kongo an der Grenze und warten auf Rückkehr.*

Kagabo wollte mehr erfahren, wollte wissen, was der Fahrer damit meinte. Und der fuhr fort: *Weißt du, mein Freund, als dieser Wahnsinn 1994 in vollem Gange war, kamen die Franzosen hier an. Sie haben die Hutu-Milizen geschützt. Ich bin selbst Hutu oder besser: meine Familie waren Hutu bis der Präsident diese Kategorien abgeschafft hat und ich bin froh darum. Mein Vater hat alles Extreme gehasst. Er regt sich noch heute auf, wenn es darum geht,*

Menschen nach Hautfarbe oder Nasenbreite zu beurteilen. Er sagte immer ‚Wir sind alles Afrikaner und die Europäer scheißen auf uns und wir haben nichts besseres zu tun als uns gegenseitig abzuschlachten'. Als die Hutu-Milizen mit den Macheten durchs Land zogen und Ruanda ein- für allemal veränderten, da kamen die Franzosen ihnen zur Hilfe. Nicht, dass sie selbst mit Hand angelegt hätten. Die Tutsi-Armee, die aus dem Norden her das Land befreien wollte, machte natürlich vor den Hutu auch nicht Halt. Nun, sie waren nicht allzu zurückhaltend. Es war fortan auch kein Hutu mehr sicher und so flohen tausende von ihnen in Richtung Norden in den Kongo. Dort sitzen sie zum Teil noch heute. Und ich sage dir, es waren nicht immer nur einfache Leute wie du und ich. Unter den Geflohenen waren auch zahllose Kerle, die genug Blut an den Stiefeln kleben hatten. Sie warten da oben noch immer auf Rückkehr. Das ist alles so kompliziert, weil wir nicht gelernt haben, einfach nur Mensch zu sein.

Kagabo hörte diesen Satz noch mehrfach in der Nacht. Er schlief nur schwer ein. Immer wieder kam es wieder, dieses *Verlernt haben, einfach nur Mensch zu sein.* Vor seinem geistigen Auge erschienen Maman und Papa, Jean Baptiste aufs Neue. Sie schleppten eine schwere Kiste in einen Schulraum. Madame Filonne dirigierte eine ganze Schülerschar um die Kiste herum. Sie alle lachten, klatschten, sangen und wollten nur eines: die Kiste öffnen. Armand stand im Traum neben Kagabo, legte ihm wieder väterlich die Hand auf die

Schulter. Und dann hörte er Almuth sprechen: *Öffne sie und lass die Gedanken heraus!*

X

Es drang lautes Rufen durch den Wald. Schreie, wild und aufgebracht. Manchen mochte es an das Grölen von Fußballfans in einem Stadion erinnern. Noch war es fern und tief unten im Kessel des Hügeltals, aber es würde rasch noch lauter werden. Klang es so schon bedrohlich, mussten diese Schreie jeden in Flucht schlagen, der eine Ahnung hatte, was der Auftrag derjenigen war, die da so laut vor sich hin grölten.

Kagabos Bruder riss die Türe zum Haus auf. Jean Baptiste war außer Atem und sein Blick war starr. *Fort,* schrie er mit weit aufgerissenen Augen, *wir müssen sofort fort! Sie sind auf dem Weg den Hügel hinauf, haben Macheten und Äxte bei sich.*

In der Ferne vernahmen Maman und Papa die Gesänge. Dumpf, aber dennoch zu nahe. Die Milizen machten wahr, was man sich seit Monaten erzählte. Der Horror war nicht auf die Leinwand gebannt oder auf Buchseiten gedruckt. Er war real und das zu begreifen dauerte einen kurzen Moment. In den Lautsprechern des Radios krachte und knatterte schon den ganzen Tag die Marschmusik, unterbrochen von der Hutu-Propaganda. *Die Ministerpräsidentin ist erledigt, eine Verräterin! Hutu, nehmt euch in Acht, wir dulden nicht, dass einige von euch, unsere Aufgabe in Gefahr bringen!* Eine klare Warnung an die vermutlich stille Mehrheit der Hutu, die sich nicht den Mörderbanden anschließen wollten. Papa und Maman drängten die beiden Kinder vor die Türe. Es gab nur einen Weg, der sicher schien. Das war der weiter bergauf, den Hügel in den Wald hinauf. Oben auf dem Plateau von Bisesero konnte man sich erst einmal verstecken.

Kagabos Vater holte seine Axt aus dem kleinen Schuppen im Garten. Verteidigung, wenn nötig mit Gewalt - auch wenn es ihm zuwider war. Jean Baptiste wollte sprechen, etwas sagen. Aber die Stimme versagte bald. *Ich habe...* begann er zweimal. Dann erneut: *Es liegen überall...* Und aufs Neue brach die Stimme. *Sie haben ihnen die Köpfe abgeschlagen...* Dann brach er in Tränen aus, sank vor dem Haus auf den Boden, ließ den Kopf auf die Hände fallen und weinte bitterlich. Papa riss ihn hoch. *Keine Zeit, wir haben keine Zeit!* Jean Baptiste folgte seinem Vater. Maman und Kagabo waren einige Schritte hinter ihnen. Von überall her strömten die Tutsi der Nachbarschaft den Hügel hinauf. Jean Baptiste erkannte auch zwei Hutufamilien. Er fauchte aufgebracht in ihre Richtung, vor was sie denn eigentlich fliehen würden. *Wir sind Kakerlakenkinder, ihr nicht!* Doch der Mann hielt inne, man merkte, dass er nicht sicher war, ob er etwas sagen sollte oder nicht.

Dann aber sprach er doch, ruhig, besonnen, mit bestimmter Stimme: *Junge, du hast keine Ahnung! Ich habe auf einer Dorfversammlung von ‚Wahnsinn‘ gesprochen als ich gehört habe, wie groß der Hass gegen euch Tutsi ist. Ich habe von guter Nachbarschaft und sogar Freundschaft gesprochen. Seit Monaten werde ich als Verräter bedroht, nur weil ich Frieden will.* Jean Baptiste tat es leid, er konnte aber nichts sagen, zu sehr war er damit beschäftigt, die Angst im Zaum zu halten. Papa entschuldigte sich für ihn. Der Hutu nickte sachte und mahnte alle zur Eile. Nur gemeinsam oben auf dem Hügel, da hatte man vielleicht eine Chance.

*

Jean Baptiste hatte den Tag über am anderen Ende des Hügels zugebracht, war mit anderen jungen Männern weit ins Tal hinabgestiegen. Dort hatten die Hutu-Milizen ihre Arbeit bereits getan. Sie trugen Äxte, Macheten, lange Stöcke mit Steinen. Einer hatte ein riesiges Transistorradio auf der Schulter. Dort erhielten die mordenden Banden ihre Anweisungen. *Fällt die Bäume! Keine Kakerlake soll übrig bleiben! Erledigt eure Arbeit!* Wieder und immer wieder.

Im Tal des Hügels stand Jean Baptiste zusammen mit zwei anderen Jungen aus dem Dorf hinter einem Bretterverschlag. Das Haus, einige Meter abseits, war verlassen. Es gehörte einer Tutsi-Familie, die schon vor etlichen Wochen weggezogen war. Die kreischenden Hutu-Milizen kamen nur unweit entfernt den Schotterweg entlang. Dem verlassenen Haus schenkten sie keine Aufmerksamkeit. Nur einer krächzte etwas. *Hier haben Kakerlaken gewohnt, aber die sind von alleine davon!* Dann spuckte er abfällig auf den Boden, hob eine Flasche Bier an die Lippen und kippte das Getränk auf einmal in sich hinein, schleuderte anschließend die Flasche mit voller Wucht auf das Haus. Jean Baptiste und seine Freunde zuckten hinter ihrem Verschlag mächtig zusammen, sie hatten riesige Angst, ein Geräusch von sich zu geben und aufzufallen. Sie verkniffen sich jedes lautere, tiefere Atmen und standen gebannt wie Watte leicht hinter dem Holzverschlag. Auflösen! Davonfliegen! Unsichtbar werden!

In diesem Moment ging die Flasche zu Bruch. Es klang wie ein weicher Schrei, eilig in alle Richtungen fliegend. Die Jugendlichen erschraken erneut. Wie schwer es fällt, ruhig zu bleiben, sich nicht zu rühren, wenn man eigentlich davonlaufen möchte, das Adrenalin in den Adern aufsteigt und der Puls rast!

Die Meute zog fort. Durch den Wald hörte man noch eine Weile das vom Alkohol wässrig gewordene Rufen. Jean Baptiste und die anderen sahen sich schweigend an. Sie hatten den Männern in die Augen gesehen. Viele waren kaum älter als sie selbst. Aber aus diesen glasigen Augen sprach Mordlust. *Verrichtet eure Arbeit!* hatte es im Radio geheißen und dem kamen sie nun nach. Die Milizen taten ihre vermeintliche Pflicht. Menschlichkeit, das Geschwätz der Priester von Nächstenliebe und Liebe, all dies zählte in diesem Moment nichts. Es galt nicht mehr für Tutsi. Sie waren Kakerlaken und hatten die Ehre der Menschlichkeit verloren. Göttlichen Beistand erlebt durch menschliche Barmherzigkeit durften sie nicht mehr oder nur mehr in Ausnahmefällen erhoffen. Überleben würde nur, wer sich durch Zufall der emsigen Arbeiter entzog. Alle anderen sollten nur kommen und würden dann gehen. Ein für alle Mal. Dazu sangen sie ihre Lieder. Statt Uniformen trugen sie weite bunte Hemden. Kleidung, die signalisierte, hier ist ein guter Hutu-Arbeiter am Werk.

Vorsichtig lugten die Jugendlichen hinter ihrem Bretterverschlag hervor. Es war niemand mehr zu erkennen und auch sie würden von niemandem mehr gefunden werden. Es herrschte Stille. In der Ferne, etwas abseits bellten Hunde. Man hörte in der Luft Insekten schwirren. Jean Baptiste machte eine Handbewegung. Er wollte nicht den bewaffneten Hutu hinterher, sondern noch ein Stück weiter den Hügel hinabsteigen. Dort war eine kleine Siedlung. Sie gehörte auch zum Dorf. In der Siedlung lebten einige Tutsi-Familien. Jean Baptiste und seine Freunde hatten nicht nur im Radio gehört, was im Gange war, auch in den Familien gab es seit Tagen - schon vor dem Anschlag auf das Flugzeug des Präsidenten - kaum mehr ein anderes Thema. Viele Tutsi versuchten zu fliehen. Im Norden waren die Rebellen der Tutsi auf dem Vormarsch. Dorthin versuchten etliche zu gelangen. Manche mochten nicht glauben, dass einstige Nachbarn und Freunde sich wirklich zu Schlächtern verwandeln konnten. Und blieben. Andere blieben, die Mehrzahl, weil sie keine Möglichkeit hatte, zu fliehen. Der Weg in die vermeintliche Sicherheit war für viele zu weit.

Jean Baptiste wagte sich nur langsam voran. Auch seine Freunde blickten sich immer wieder verängstigt zurück. Die Angst flirrte durchs Land. Geräusche von knackendem Gehölz, Rascheln in den Blättern. Überall konnten die Milizen lauern in ihren khaki-farbenen weiten Hemden. Nach etwa zehn Minuten vorsichtigem Marsch erreichten sie die kleine Siedlung. Was sie dort sehen mussten, hätte sie für einen langen Rest ihres Lebens traumatisiert. Sie konnten in diesem schrecklichen Moment nur erahnen, dass dieser Rest ihres Lebens nur mehr in Wochen zu zählen war.

Auf dem lehmigen Platz zwischen den einzelnen Häusern saßen zwei kleine Kinder. Sie blickten starr vor Angst ins Leere, wagten nicht, sich zu bewegen. Aus der Türe des einen Hauses drang ein unmenschliches Wimmern. Es war an Grausamkeit kaum zu überbieten, was die Jugendlichen im Haus vorfanden. Dort lagen zwei Männer. Jean Baptiste musste sich sofort hinter dem Haus übergeben, setzte sich nieder und fing an fürchterlich zu weinen. Ein anderer Junge, der vielleicht ein oder zwei Jahre älter war als Jean Baptiste, erkannte die Lage sofort und rief *Wir müssen hinauf auf unseren Hügel, alle Familien warnen!*

Er schnappte sich eines der beiden Kinder. *Ihr seid in Sicherheit, haltet euch fest!* zischte er. Die Kleinen wagten nicht zu weinen, zu jammern oder gar zu schreien. Sie ließen sich von den fremden jungen Männern auf den Arm nehmen, während ihre Mütter in den Hütten starben. Jean Baptiste fragte seinen Freund: *Lebte die Frau in der Hütte nicht noch?* Der andere Junge nickte. *Sie stirbt, aber wir haben keine Möglichkeit zu helfen. Lass uns versuchen, unsere Familien zu retten!*

Dann liefen sie los und verließen den Ort des Grauens. Der Anblick von Blut gehörte zum Leben der Menschen hier. Sie schlachteten ihre Kühe an besonderen Festtagen. Aber menschliches Blut war etwas anderes und als Jean Baptiste wie in Trance seinem

Freund hinterher eilte, war ihm als würde ihn das Bild aus dem Inneren des Hauses verfolgen. Eine gekrümmte Frau, wimmernd und zuckend in der einen Ecke. Zwei getötete Männer in der Mitte des Eingangsbereichs, zerhackt mit Macheten. Auf grausamste Weise aus dem Leben gerissen. *Tut eure Arbeit*, hatte es im Radio geheißen und diese Hutu hatten ihre Arbeit vollbracht. Sie hatten mit kraftvollen Schlägen den Männern und Frauen das Leben ausgehaucht. Weil sie Tutsi waren. Aus blinder Wut gegen Menschen, die nichts anderes getan hatten, als ihr Vieh zu hüten und ihre Felder zu bestellen. Jean Baptiste schossen erneut Tränen in die Augen und er fühlte den elend-säuerlichen Geschmack des Erbrochenen in seiner Kehle. Dann aber sah er die beiden kleinen Kinder, die von seinen Freunden getragen wurden und riss sich zusammen. Die beiden waren nun vermutlich Waisen. Allein. Von einem Augenblick auf den anderen hilflos wie am ersten Tag. Stark sollten Eltern sein, auf Kinder aufpassen, sie erziehen, ihnen zu essen und trinken geben. Eltern waren dazu da, Kinder zu hüten, sie in den Schlaf zu wiegen. Aber diese Eltern versagten, weil sie selbst durch die unmenschliche Brutalität einer Machete, einer Axt oder eines Messers so schwach und verletzlich wurden, dass sie ihren Kindern keinen Schutz mehr bieten konnten. Und so mussten diese kleinen Kinder mit ansehen, wie betrunkene Milizen ihre Eltern in dem Haus erst gefragt hatten, ob sie

119

Tutsi-Kakerlaken seien und sie anschließend ohne die Antwort abzuwarten aus dem Leben stachen, hackten oder hoben. Eine scheinheilige Frage, die immer wieder gestellt wurde, denn es war bekannt in den Dörfern wer Tutsi und wer Hutu war. Die Kakerlaken wurden durch das Radio gejagt und in den Pässen stand es schwarz auf weiß geschrieben, ob man gut oder böse, aufrichtiger Hutu oder Kakerlake war.

Jean Baptiste lief mit pochendem Herzen die Anhöhe hinauf. Sein Freund wusste eine Abkürzung durch dichtes Waldgebiet. Es war seine Art Geheimweg. Das würde ihnen eine gute halbe Stunde Vorsprung vor den Suffköpfen mit den Macheten einbringen. Sie rannten schweigend bergan. Schleuderten Blätter und Äste aus dem Sichtfeld, rieben sich Insekten aus den Augen, schluckten die gesehenen Bilder herunter, vergaßen für einen Augenblick die stechenden Schmerzen an den Füßen. Sie rannten und rannten, keuchend und verängstigt. Jean Baptiste spürte immer wieder, dass es kein Spiel mehr war, was hier gespielt wurde. Hier ging es tatsächlich um Leben und Tod. Dies zu realisieren versetzte ihn ein ums andere Mal in eine Art Schockstarre. Um sein Leben ging es. Um das seines kleinen Bruders Kagabo, um das Leben seiner geliebten Eltern und Großeltern. Wenn sie sich beeilten und die Meute unterwegs noch das ein oder andere Bananenbier trank, dann würden sie ihre Eltern warnen können. Dann gab es eine Chance, sich zu bewaffnen und dem Irrsinn vielleicht zu entkommen. Bei sich hatten sie zwei andere Kakerlaken-Kinder, die diese Chance nicht mehr hatten. Aber wenigstens diese beiden sollten weiterleben.

Die Jugendlichen hörten in der Ferne das Grölen der Milizen. Nur schwer war durch das Dickicht des Waldes etwas zu erkennen. Sie hielten inne, mahnten die beiden Kinder sich nicht zu bewegen. Dann steigen sie vorsichtig etwas bergauf. Das Rauschen der Blätter, das Zirpen der Insekten und das Pochen des eigenen Herzschlags, all das machte es den Jungs fast unmöglich, sich auf die Geräusche oben an der Straße zu konzentrieren. Es dauerte eine Weile, bis sie so nahe herangekommen waren, dass man durch die grüne Wand etwas erkennen konnte.

Da saßen sie. Vielleicht zwanzig Männer. Sie hatten sich links und rechts der Straße platziert. Saßen auf den festgeschobenen Kiesbänken, die all die Schotterpisten seitlich begrenzten. Tranken Bier, aßen, sprachen laut und besoffen lallend. Jean Baptiste erkannte Speere in die Erde gereckt, sah einige Macheten neben den Männern liegen. Aus einem Transistorradio drang Musik. Leiser als das Grölen der Männer, aber verständlich. Es war *Radio Mille Collines*, das Hassradio. Bald schon würden sie wieder aufbrechen und weiterziehen. Ihre Arbeit vollbringen, denn oben auf der Kuppe des Hügels, da wimmelte es von Kakerlaken. Sie alle waren noch nicht ausgerottet. *Fällt die Bäume, räuchert die Kakerlaken aus! Tut eure Arbeit...* Aber diese Kerle hier, das sahen die Tutsi-Jungs sofort, waren in diesem Augenblick keine Gefahr. Das Morden machte durstig und vermutlich auch müde. Und im Innersten war klar, dass das dreckigste Elend der Menschheit, der feige Mord, wenn du siehst wie Leben durch dich selbst ausgehaucht wird, Augen starr werden und Stille dem Schmerz weicht, nicht ohne Wirkung auf die Seele bleibt. Auch diese Hutu brauchten etwas, um die Seele zu beruhigen. Alkohol half eine kurze Zeit lang. Und für Bier und Schnaps waren sie bereit, ihren Auftrag zu erfüllen. Die Drahtzieher im Hintergrund hatten also leichtes Spiel. Sie kauften tausendfach Macheten, billig in Südostasien. Tarnten es als Lieferungen für die Landwirtschaft und besorgten dazu Unmengen an Bier und Schnaps. Dann hetzten sie die Hutu-Jugend eine Weile lang auf. Erfolgreich.

XI

Am nächsten Morgen wachte Kagabo auf und alles tat ihm weh. Der Rücken fühlte sich an, als habe er lange auf einer Holzpritsche gelegen und der Hals war trocken. Es dauerte eine Weile, bis er sich gesammelt hatte und eine Dusche verhalf dem jungen Kinderarzt aus München wieder zu Kräften.

Auf der Veranda fand er einen bereits gedeckten Tisch vor. Frisches, warmes Toastbrot, Rühreier, Orangensaft und Kaffee. Es duftete. Die junge Kellnerin strahlte ihn an. *Guten Morgen!* lachte sie ihm entgegen. *Du bist sicherlich hungrig,* gab sie ihm den Grund für das großzügige Frühstück zu verstehen. Kagabo nickte und dankte freundlich für den herrlichen Service. Nachdem er einen Toast und das Ei gegessen hatte, räumte die junge Angestellte ab und hakte noch einmal nach: *Gestern etwas herausgefunden?* Kagabo nickte nur, ihm war nicht danach zumute, ein längeres Gespräch zu führen. Als er aber merkte, dass die Kellnerin gekränkt schien, fügte er noch rasch an: *Es ist schwierig für mich, das alles zu verarbeiten. Wenn ich ehrlich bin, würde ich ungern darüber reden. Aber der Tip mit dem Archiv in Kigali, der war richtig klasse.* Sie freute sich aufrichtig. Kagabo merkte sofort, dass sie das nicht tat,

123

um ein besseres Trinkgeld zu bekommen, sondern, weil sie wirklich interessiert daran war ihm zu helfen. Das machte Kagabo froh. Er würde den Tag ausschließlich nutzen um noch einmal ins Archiv zu gehen um weitere Dokumente zu lesen.

Gegen Mittag, als die Sonne die Straße bereits wieder unerträglich erhitzte, machte sich Kagabo auf den Weg zum *Genocide Memorial*. Wieder überraschte ihn die angenehme Kühle. Und wieder vergrub er sich hinter Dokumenten, alten Zeitungsausschnitten und Büchern, Fotos und Filmmaterial. Es war erschreckend, wie wenig Kagabo über sein eigenes Land wusste. Es war die Heimat seiner Kindheit. Aber er war zu klein gewesen, um den Konflikt zwischen Hutu und Tutsi zu verstehen. Und dann war er zu lange fort gewesen, um seine Heimat noch als das zu begreifen.

Nach dem Angriff auf das Flugzeug des Präsidenten und den enthemmten Mordanschlägen auf jeden Tutsi, den die Hutu-Power finden konnte, kam es zu einem dramatischen Hilferuf. Die Vereinten Nationen hätten vieles verhindern können. Aber Belgien zog seine Blauhelme aus Ruanda ab, nachdem im Zuge der Ermordung an Ministerpräsidentin Agathe Uwilingiyimana auch belgische Soldaten ums Leben gekommen waren. Dies, so las Kagabo nach, war ein geplanter Akt der Hutu-Milizen. Es war Kalkül. Würde man belgische Soldaten umbringen, würden diese gehen. Und so war es. Am Ende blieben nur wenige Blauhelme aus Ghana und Bangladesch übrig. Sie sicherten unter dem Kommando des verzweifelten kanadischen General Romeo Dallaire den Frieden rund um Kigali und schafften noch nicht einmal dies. Kagabo erinnerte sich, dass bei Yves und Mutesi zu Hause im Bücherregal das biographische Buch Dallaires, *Handschlag mit dem Teufel,* gestanden hatte. Kagabo selbst hatte es nie gelesen. Aber hier stieß er bei seinen Recherchen dauernd auf dieses Buch. Dallaire war nicht in der Lage, das Morden zu verhindern oder zu stoppen, wissend, was auf Ruanda zurollte. Er hatte um mehr Unterstützung gefleht, um mehr internationalen Einsatz und Geld. Aber sein Drängen blieb ungehört. Kagabo fand eine Analyse, in der es hieß, die Vereinigten Staaten taten deshalb so wenig für Ruanda, weil sie nur wenig zuvor, im Oktober 1993, in Somalia eine herbe militärische Niederlage einstecken mussten. Damals starben achtzehn US-Soldaten in der so genannten Schlacht von Mogadischu. Was Frieden und Stabilität bringen sollte, brachte Tod und Leid und viel mehr Chaos. Für Amerika galt dann erst einmal strenge Zurückhaltung bei Interventionen im Ausland, zumal in Afrika. Aber auf Rechtsgrundlage der Vereinten Nationen, auch das konnte Kagabo nachlesen, musste bei einem Völkermord die Weltgemeinschaft eingreifen.

Ein netter junger Mann brachte Kagabo eine Cola. *Ich merke, Sie haben wirklich Interesse an dem, was hier in Ruanda passiert ist.* Kagabo antwortete auf Kinyarwanda. Langsam, aber stetig kamen auch verschollen geglaubte Vokabeln zurück. Die bereits um einen guten Spalt geöffnete Erinnerungskiste legte auch den Sprachschatz wieder frei. *Ich habe Ruanda als acht Jahre alter Junge verlassen, nachdem ich als einziger meiner Familie den Genozid überlebt habe. Ich hatte das Glück einen Onkel und und eine Tante zu haben, die in dieser Zeit bereits in Deutschland lebten. Dort verbrachte ich den Rest meiner Kindheit und Jugend, habe dort Medizin studiert, eine deutsche Frau geheiratet und nun einen kleinen Sohn. Jetzt aber packte mich die Sehnsucht nach dem Wissen, was meiner Familie damals passierte. Und daher bin ich zurückgekehrt. Will wissen, wie es geschehen ist. Was passierte in den letzten Stunden, bevor man sie umbrachte? Ich erinnere mich nicht mehr.*

Woher kommen Sie genau? wollte der Angestellte wissen.
Aus Gishyita.

Der junge Mann nickte. Er wusste, wo der Hügel lag. Er wusste, dass dort viele Tutsi umgebracht worden waren - aber das galt für fast alle Landesteile. Sie unterhielten sich noch eine Weile. Auch der Angestellte hatte etliche Familienangehörige verloren, war aber jünger als Kagabo. Jahrgang 1996. Er kam auf die

Welt, als der Schrecken aus Ruanda bereits ein neues Land gemacht hatte.

In den Dokumenten, die sich Kagabo immer wieder durchlas, war zu lesen, dass die Welt nicht bereit war, einen Völkermord zu sehen, wo offensichtlich einer wütete. Losgelassen und nicht aufgehalten durch die internationale Staatenfamilie durften die Hutu-Power ihre *Arbeit* verrichten, die *Bäume fällen* und die Tutsi dezimieren. Kagabo spürte, dass ihm dies so viele Jahre danach Tränen in die Augen trieb. Jetzt, als Erwachsener, begriff er das ganze Ausmaß und den Hohn. Weil die Welt stritt, wann ein Völkermord wirklich Völkermord war, die Vereinten Nationen nicht mehr Mittel zur Verfügung hatten und daher nichts ausrichten konnten, mussten tausende Unschuldige ihr Leben lassen. Das Gemetzel wurde nicht gestoppt, weil es an einer Definition lag, ob man einschritt. Das war Hohn! Als nichts anderes empfand Kagabo die Zurückhaltung der USA und anderer Staaten. Frankreich, so fand er bald heraus, sandte erst dann Truppen, als die Tutsi-Rebellen, die von Norden vordrangen, mehr Landgewinne einfuhren. Frankreichs Truppen, so machte es den Anschein, hatten die Aufgabe, fliehende Hutu in Richtung Norden zu schützen. Darunter, so las Kagabo, waren auch zahlreiche Mörder. Er schüttelte den Kopf, nahm einen Schluck von der Cola und versuchte weiter Klarheit zu gewinnen über den Genozid.

In Arusha, einer Stadt in Tansania, tagte ein internationaler Strafgerichtshof. Er war eingesetzt worden um die Gräueltaten in Ruanda aufzuarbeiten. Dort wurden nicht nur Ausführende des Genozids bestraft, sondern vor allem die Hintermänner. Kagabo las über den Hass-Sender *Mille Collines.*. Den Sender gab es immer noch, aber er war nun eine unpolitische Rundfunkanstalt. Führende Köpfe der damaligen Zeit waren in Arusha vor Gericht gestellt und verurteilt worden. Auch ein Belgier war unter ihnen. Unfassbar für Kagabo, dass ein aus Europa stammender Ausländer für den Hass-Sender gearbeitet hatte, genau in der Zeit, als der Völkermord wütete. Stündlich berichtete das Hass-Radio über politische Vorhaben. Man rief die Hutu zu ihren Gewalttaten auf. Der Sender war eines der wichtigsten Sprachrohre der Milizen. Viele Menschen in Ruanda konnten nicht lesen und nicht schreiben. Bildung als Zugang zur Teilhabe am politischen Leben war ein Privileg. Auch in den neunziger Jahren noch. Oftmals beherrschten Kinder das Lesen und Schreiben besser als die Älteren. Das Radio war für die Analphabeten eine wichtige Informationsquelle. *Die konnten Propaganda nicht als solche erkennen, weil sie gar nicht wussten, was Propaganda ist,* sagte der junge Mann, der Kagabo die Cola gebracht hatte. Er hatte dem

Kinderarzt aus Deutschland über die Schultern geblickt und neugierig beobachtet, was dieser da recherchierte. Viele Hutu, die einfach nur ihren Alltag zu leben versuchten, waren nicht fähig, den Nachrichten das Unwahre zu entnehmen. Hass gedieh durch Fehlinformation. Hass wurde gesät, auch weil der Hass-Sender immer mehr davon durch den Äther pustete. Und als der Völkermord bereits angelaufen war, schrieen die Verantwortlichen ihre Instruktionen nicht nur in veraltete Funkgeräte, sondern auch über die Rundfunkanstalten ins ganze Land. *Fällt die Bäume! Füllt die Gräber! Kakerlaken, überall!* Die Zielscheibe waren dabei aber nicht nur Tutsi, sondern auch gemäßigte Hutu. Wer einen Tutsi versteckte, der war ein Verräter und ebenso fällig.

*

Die Wolken hingen diesmal tief im Kessel des Tales, in das sich die Hügel von Kigali hineinzogen. Es waren Nebelschleier. Kagabo hatte die Nacht über schlecht geschlafen. Es schwirrten tausend Gedanken durch seinen Kopf. Immer wieder waren ihm im Traum Vater und Mutter und der große Bruder erschienen. Und erstmals auch wieder klare Bilder des Großvaters. Vedaste - er hatte sich kaum an ihn erinnern können. Aber hier in Ruanda kamen die Bilder zurück. Und je länger er hier war um so klarer wurden sie.

Kagabo hatte in der schlaflosen Nacht immer wieder überlegt, ob er wirklich noch einmal zu Doktor Gasana nach Gisenyi fahren sollte. Vor seiner Rückkehr nach Ruanda war für ihn nicht denkbar gewesen, dass er sich vorstellen könnte, dessen Angebot anzunehmen um eine Weile in Afrika zu bleiben. Mittlerweile erschien es für ihn immer klarer, dass er seinem Heimatland etwas zurückgeben wollte. Aber Almuth und Julian, was würde aus ihnen?

Nach dem Frühstück rief er wieder zu Hause in München an. Erkundigte sich nach dem Kleinen. Julians Quieken im Hintergrund zerriss ihm das Herz. Er empfand sofort schreckliche Sehnsucht nach seinen beiden Liebsten. Während er Almuth von der Recherche am Vortag erzählte und dass er an diesem Tag mit Armand und Filonne zum Kivu-See aufbrechen wolle, beobachtete er Vögel, die sich mühelos durch den Nebel bewegten. Almuth wünschte ihrem Mann viel Glück bei der Suche. *Mögest du das finden, was dir innere Ruhe verschafft, Liebling. Nur bitte, Herz, vergiss uns beide nicht.* Dieser Satz saß tief. Eine Träne bahnte sich den Weg. Kagabo war froh, als hupend ein Geländewagen vor dem kleinen Hotel vorfuhr und er Filonne auf dem Beifahrersitz erkannte. So konnte er das Gespräch guten Gewissens beenden und lief nicht Gefahr, dass seine geliebte Almuth merkte, dass er aufgewühlt war.

Armand und Filonne begrüßten Kagabo fröhlich. Er hatte das Gefühl, als wäre er bereits ein Familienmitglied. Im Auto herrschte eine lockere Atmosphäre. Die beiden unternahmen alles, gar nicht erst den Eindruck aufkommen zu lassen, dass der Besuch in Kagabos alter Heimat auch etwas Belastendes sein konnte. Es wurde gelacht und gescherzt. Man machte sich lustig über die einen oder anderen kleinen Unzulänglichkeiten des Alltags. Filonne berichtete diesmal viel und ausführlich über ihre Arbeit an der Schule. Erzählte, wie es war, wenn Schüler einfach nicht zum Unterricht erschienen, weil die Eltern sie auf den Feldern brauchten. Berichtete, dass Kinder ab und an nicht in Schuluniform erschienen, weil sich die Erwachsenen diese nicht leisten konnten oder sich mehrere Kinder eine Uniform teilten. *Da kann ich als Direktorin schelten und Erziehungsmaßnahmen androhen, weiß aber doch ganz genau, es ist nicht Unwille, der hier ausschlaggebend ist.* Daher beließ sie es meist mit einem Gespräch, in dem sie den Eltern die Wichtigkeit erklärte, warum Kinder in der Schule das Lesen und Schreiben beigebracht bekommen sollten. *Aber weißt du, Kagabo, wenn die Eltern selbst nicht lesen und schreiben oder rechnen können, wie sollen sie verstehen, dass es ihre Kinder können müssen, wenn sie eine Chance in der Welt haben wollen. Für viel zu viele unserer Eltern und Großeltern besteht die Welt immer noch aus dem Hügel auf dem die Anbauterrassen ihrer*

131

Familie liegen. Kagabo nickte und ihm fielen sofort die Recherchen des Vortags ein. Das Hass-Radio hatte auch deshalb leichtes Spiel, weil die Menschen nicht in der Lage waren zu hinterfragen, was da eigentlich vor sich ging. Wenn dir der Priester, der Bürgermeister oder sonst ein wichtiger Mann deines Hügels die Lage erklärte und das schlüssig klang, dann war es Gesetz. Und nach diesem Gesetz war zu den meisten Zeiten nach der Unabhängigkeit Ruandas die Volksgruppe der Tutsi an allem Schuld. Und diejenigen Hutu, die das anzweifelten und hinterfragten, wurden am Ende zu Verrätern und mussten die Machete ebenso fürchten wie alle Tutsi-Kakerlaken.

Draußen zog grün die Landschaft vorbei. Die Felder gruben sich tief in die Täler, die die Hügel durchschnitten. Dazwischen erspähte Kagabo ab und an einen kleinen Wasserlauf und fühlte dabei die Wasserspritzer der Kindheit in seinem Gesicht. Er roch das Moos und spürte die Farne, die auf seinen Arm klatschten, wenn er mit anderen schnell an den Ufern der Bäche entlang flitzte. Der Wagen rumpelte über eine Schotterstraße und kleine Steine spritzten auf, Staub vernebelte den Blick nach hinten. Ab und an fielen ihm die Kinder am Straßenrand auf. Sie gingen nicht zur Schule. *Gehen sie alle nicht zur Schule?* wollte er von Filonne wissen. Die lachte kurz. *Ich weiß es nicht, mein Lieber. Heute ist ein Feiertag, deshalb sind die Schulen landesweit geschlossen. Sonst könnte ja auch ich dich nicht in dein Dorf begleiten.* Kagabo ärgerte sich ein wenig, dass er darauf nicht selbst gekommen war, schließlich war er als Arzt immer dazu angehalten, Dinge erst vorsichtig zu prüfen, ehe er eine Aussage traf.

Die Kinder winkten ins Auto. Filonne und Armand winkten ab und an zurück. *Wärst du ein echter Weißer, also nicht nur ein getarnter,* freute sich die Schulleiterin, *würden sie jetzt ,Muzungu, muzungu' hinter dir her rufen.* Ein Weißer, ein Weißer! Aber Kagabo wusste eben nicht mehr, was er wirklich war. Für die Menschen zu Hause in München war er ein Mann aus Ruanda. Auch Yves und Mutesi versuchten ihm immer wieder klar zu machen, dass er nicht vergessen durfte, woher er kam. Aber nach der Rückkehr nun merkte er auf Schritt und Tritt, dass er so lange in Deutschland gelebt hatte, dass das alles fremd und weit fort war für ihn. Es fiel ihm sehr schwer, Ruanda wieder als Heimat zu akzeptieren, zumal er wusste, dass er nicht mehr dauerhaft hier leben würde. Schon Almuth und Julian zuliebe.

Überall um die Häuser, die sich wie kleine Tupfer an den Hügeln befanden, hatten die Menschen Bananenstauden angepflanzt. Das Malerische der Landschaft täuschte allzu leicht darüber hinweg, wie hart das Leben an den Hügeln war. Die Machete, in Ruanda zum Zeichen des Völkermords geworden, war dennoch nichts weiter als das beste Werkzeug für die Feldarbeit. Traktoren suchte man vergebens. Die Menschen säten und ernteten von Hand. Sie schnitten die Bäume von Hand, gruben die Felder von Hand um und pflückten die Früchte mit der Hand von den Stauden. Selbst auf den Teeplantagen gab es kaum Maschinen.

Plötzlich fiel das Land steiler ab und in der Ferne schimmerte dunkelblau etwas durch das grüne Wellenbad. Es war ein riesiger See. Sie hatten die Ufer des Kivu-Sees erreicht. Wie bereits beim ersten Besuch mit Almuth und Julian beschlich Kagabo ein ganz besonderes Gefühl. Tief in ihm spürte er, dass dieser See für ihn mehr war, als nur ein schönes Fleckchen Landschaft. Es war dieses seltsame Gefühl von fremder Heimat. Ferne Tage der Vergangenheit ruhten in diesem Gefühl, das wohlig sein Inneres berührte. Er wurde ruhig und ausgeglichen. Das Aufgewühlte, das er zuvor verspürte bei dem Gedanken daran, dass er sich mit Filonne und ihrem Mann auf die Suche nach seiner Vergangenheit machen würde, war fort. Es war einer inneren Sicherheit gewichen, das Richtige zu tun.

Filonne erklärte, dass sie in Gishyita eine Freundin habe. Die werde man jetzt besuchen und dann werde man sie ausfragen über die Vergangenheit.

Wenn Christine nichts weiß, weiß niemand etwas, bellte Filonne lachend mit einer Stimme, die klang als rauchte sie täglich mehrere Schachteln stärkster Zigaretten, obgleich sie Nichtraucherin war.

Armand parkte das Auto in einer Kurve. Etwas unterhalb der Straße lag ein Haus, das für ruandische Verhältnisse als durchaus wohlhabend gelten durfte. Über einen Pfad gelangte man zu einem Vorplatz. Dort parkten zwei Autos - ein sicherer Hinweis darauf, dass die Bewohner zu den Wohlhabenden dieser Gegend gehörten. Kagabo fiel sofort auf, dass der Garten rund um das zweistöckige Gebäude sehr gepflegt war und neben den üblichen Bananenstauden auch Blumen blühten. Filonne ging vorweg und klopfte laut an die Türe, die mit einem eisernen Türklopfer ausgestattet war.

Es dauerte eine Weile bis eine junge Frau die Türe öffnete. Kagabo konnte nicht sofort einordnen, ob es sich dabei um eine Tochter von Filonnes Freundin Christine handelte oder um eine Angestellte des Hauses. Noch einige Meter abseits stehend, spürte Armand, dass Kagabo Fragen hatte, wer diese Christine denn nun eigentlich war. Sie hatten sich im Auto nicht wirklich ausführlich unterhalten, denn Filonne erzählte viel lieber von den Kindern in ihrer Schule und dem Leben auf ihrem Hügel. Kagabo hatte bei all diesen spannenden Geschichten komplett vergessen nach dem genauen Plan zu fragen, wie Filonne nun nach seiner Vergangenheit forschen wollte. Und als sie dann lapidar meinte: *Wir halten jetzt bei Christine, einer Freundin von mir* waren sie schon fast da. Und als Filonne dann noch ihr *Wenn sie nichts weiß, weiß niemand etwas* anfügte, stand Armand schon auf dem erdigen Streifen neben der Schotterstraße.

Armand nahm Kagabo beiseite. *Christine stammt aus einer wohlhabenden Tutsi-Familie. Ihr Mann und ihr Vater waren einst im Krieg Aktivisten der Tutsi-Rebellen. Sie waren beide für die Rebellenpartei RPF aktiv. Später wurde Gregoire ein Geschäftsmann und Christine war Lehrerin hier in Gishyita. Die Geschäfte Gregoires liefen hervorragend. Nach dem Völkermord musste man das Land behutsam wieder aufbauen. Daher dieses herrliche Haus.* Kagabo nickte, wunderte sich aber, warum ein wohlhabender Geschäftsmann, der beim Wiederaufbau des Landes helfen wollte, nicht nach Kigali gezogen war und stattdessen in Gishyita blieb. Er würde Yves und Mutesi nach seiner Rückkehr fragen, ob sie jemals von Gregoire und Christine gehört hatten.

Die junge Frau, welche die Angestellte der beiden war, ging zurück ins Haus um Christine aus der Küche zu holen. In Ruanda war es wie in vielen Ländern Afrikas: Unangesagter Besuch war nichts Unge-

wöhnliches und wurde praktisch immer erwartet. Man
würde auch für Gäste sofort etwas zu essen und trinken haben und notfalls auch ein Dach über dem Kopf.
Machte sich Kagabo Gedanken darüber, ob dieser
überfallartige Auftritt den armen Gastgebern überhaupt recht war, spielte das in Ruanda keine Rolle.
Man war da, das war schön so. Filonne und Christine
lagen sich in den Armen, klopften sich freundschaftlich auf die Schultern und Filonne bellte einige rasche
Grußformeln auf Kinyarwanda, die selbst Kagabo
kaum mehr verstand.

Dann erschien, angelockt vom Geschnatter der
beiden Damen, Gregoire im Eingangsbereich des Hauses und grüßte zuerst Armand und dann den unbe-
kannten jungen Mann, der schüchtern hinter Christines Freundin und ihren Mann zurück getreten war.
Nach einer nun endlos langen Zeremonie erneuter Be-
grüßungen, Erkundigungen wie es demjenigen Freund
oder derjenigen Bekannten so gehe, nahm man im
Wohnzimmer auf einem weißen Ledersofa Platz.

Filonne stellte nun ausführlich vor, wer Kagabo
war, was er in Gishyita suchte und woher er kam.
Christine und Gregoire nickten immer wieder. Christine nahm ihn an der Hand und sagte *Wir alle haben in
dieser Zeit viel durchgemacht. Es ist bewunnerswert, dass
du heimgekehrt bist um zu suchen, was du hier verloren hast.*

Ich bin mir sicher, wir werden ein Stück von deiner Vergangenheit ausfindig machen.

Kagabo empfand die beiden Gastgeber sofort als sympathische Leute und fühlte sich wohl. Zudem genoss er die sichtlich neugierigen Blicke der hübschen Hausangestellten. Sie verbarg ihr Interesse nur oberflächlich. Das Haus war einladend offen und die beiden Bewohner waren warmherzige Leute, die nichts von dem hatten, was Kagabo bei einem reichen afrikanischen Geschäftsmann erwartet hätte. Es war vielmehr dasselbe Gefühl, das er auch bei Armand und Filonne hatte: Offenheit und ehrliche Neugierde. Nur würde ihn das womöglich am Ende wieder in die Sackgasse führen. Die beiden drohten die gemeinsame Zeit mit Fragen an ihn und sein Leben in Deutschland zu füllen und ehe er sich umgesehen haben würde, war es Zeit zu gehen - ohne etwas erfahren zu haben.

Das Hausmädchen kam zurück mit einem Tablett voller Speisen. Hatte jemand mit Besuch gerechnet? Womöglich hatte Filonne ihre Freundin Christine doch angerufen. Ein Tisch wurde gedeckt mit allerlei Gerichten. Von der großen Armut, die im Land herrschte, war bei Christine und Gregoire nichts zu spüren. Dies war für Kagabo kein Problem, sondern vielmehr eine Erleichterung. Er musste nicht allzu viel von der Lebensweise, das er von München her kannte, aufgeben und konnte sich so sehr leicht fallenlassen und auf das konzentrieren, was ihn bewegte: Der Deckel seiner Erinnerungskiste! Und der musste nun ganz geöffnet werden. Er war zu Hause und fühlte es nicht. Es wirkte alles fremd und anders. Aber er durfte auch nicht vergessen, als er 1994 ging, war er acht Jahre alt gewesen. Und nun war aus ihm ein dreißig Jahre alter Mann geworden, der über zwei Jahrzehnte lang diesen Ort nicht mehr besucht hatte. *Hier hat sich sehr viel verändert,* sagte Christine als hätte sie Kagabos Gedanken in diesem Augenblick erraten. Sie strich sich mit langen Fingern sanft das Kleid über die Knie und nahm Platz. Kagabo empfand sie als sehr feine Frau. Auch Gregoire wirkte nicht nur gebildet, sondern auch feinfühlig und fast ein wenig vornehm.

Kagabo ließ sich etwas gewürzte Kochbanane auftragen und nahm auch von dem Fisch, der in einer Soße aus Gemüsen und Wurzelknollen gekocht wurde. Es roch gut und schmeckte auch so. *Wir haben das Glück, Fleisch und Fisch kaufen zu können,* meinte Gregoire als er sich selbst noch ein weiteres Stück Fisch nahm. *Andere können das nicht. Für sie ist das gekochte Gemüse das einzige, was sie zu essen bekommen, Tag für Tag. Eier, Fleisch, Milch, all das gehört für die meisten unserer Landsleute noch immer nicht auf den täglichen Speiseplan.* Filonne, Armand und seine Frau Christine pflichteten bei und die beiden Damen überboten sich in einer

Aufzählung lokaler Gerichte und Produkte, die sie gerne in der Küche nutzten oder benutzen ließen. Viele der Wörter waren Kagabo gar nicht mehr bewusst und er hatte insgesamt Schwierigkeiten der Unterhaltung in seiner Muttersprache Kinyarwanda zu folgen. Erst da fiel ihm auf, dass er zu Hause in München fast ausschließlich deutsch sprach - auch mit Yves und Mutesi.

Nach dem Essen fasste er sich ein Herz und begann mit seinen Fragen: *Was ist hier in Gishyita 1994 geschehen? Wie komme ich an die Stelle, an der mein Elternhaus war? Steht es gar noch? Gibt es vielleicht noch Freunde oder Nachbarn von uns? Hat irgendjemand aus meiner Familie doch überlebt, ohne dass ich es gewusst hätte? Wo sind meine Liebsten begraben?*

Er selbst hatte eine riesige Erinnerungslücke. Die Verdrängung der schrecklichen Ereignisse war so unglücklich erfolgreich gewesen, dass am Ende ganze Tage fehlten, an die er sich nicht mehr erinnerte, obgleich es Geschehnisse waren, die so traumatisch waren, dass man sie normal nicht vergessen würde. *Wir alle erinnern uns nicht mehr an einzelne Tage als wir Kinder waren. Wir erinnern uns vielleicht an das allgemeine Leben von früher. Wir wissen, welchen Weg wir zur Schule gegangen sind, haben den Geruch von Räumen in der Nase, das Geräusch von Tieren im Wald. Aber einzelne Tage? Nur, wenn es einprägsam war, was geschehen war, dann können wir uns* erinnern. Christine pflichtete dem jungen Arzt bei. *Ich habe im Studium Studien gelesen zu den Anschlägen in New York und Washington am 11. September. Da wurde erfasst, dass fast jeder auch noch zehn Jahre danach genau sagen konnte, was er an diesem Tag genau gemacht hatte. Das bleibt erhalten. Aber meine Erinnerung an das, was 1994 in unserem Dorf geschehen war, die ist fort. Es war eben zu sehr mit mir selbst verbunden, zu dramatisch und grausam als dass meine Erinnerung es für mich speichern wollte. Aber das schwarze Loch. es war immer und ist immer da. In den Untiefen meiner Erinnerungstruhe.*

XII

Ganz oben auf dem Hügel hatte man eine herrliche Aussicht, weit ins Tal und noch weiter über zahlreiche andere Hügel. Hier oben konnte man meinen man wäre dem Himmel ganz nah. Kagabo hatte als kleines Kind schon den Ausblick genossen. Nur ein paar Hügel weiter und dahinter lag der unendliche Kivu-See, der sie alle mit Fisch versorgte, mit Wasser und über den sie ihre Waren nach Zaire gebracht hatten.

An diesem Tag aber war der Hügel, der sonst ein Ort der Ruhe und Stille war, vollkommen überfüllt. Überall hatten sich Tutsi-Familien versammelt. Sie waren aus ihren Häusern geflohen, als sich die Nachrichten verbreiteten, dass die Milizen von überall her durchs Land zogen, Tutsi zu ermorden. Jeder wusste sofort etwas zu berichten. *Wo sind sie? Wer sind sie? Was tun sie genau?* Und erschrocken waren die Männer vor allem, weil die Mörderbanden zum Teil auch aus den Leuten bestanden, die man bis gestern noch Nachbarn, Freunde, Bekannte genannt hatte. *Das waren doch keine Extremisten? Wie konnte das sein?* Die Männer saßen beisammen und versanken in der Sorge, dass man zusehen musste, wie es weitergehen würde. *Diese verdammte Tatenlosigkeit bringt uns noch um!* schrie einer der

Männer und ließ sich von den Dorfältesten nur schwer beruhigen.

Gishyita bestand aus zahllosen kleinen Streusiedlungen. Die Menschen, die im Kern der Ortschaft lebten, sie fehlten auf dem Hügel. Aufgeregt fragten alle umher. *Habt ihr gesehen? Habt ihr gehört?* Aber das, was die Leute gesehen und gehört hatten, versetzte alle in Angst und Schrecken, sodass man bald wieder aufhörte zu fragen. Jeder wusste, dass die Nachbarn aus dem Dorfkern nicht mehr auf den Hügel kommen würden. Jean Baptiste und seine Freunde wurden zu gefragten Informationsquellen. Die Dorfältesten, die in den Randbezirken Gishyitas auf den ferneren Hügeln lebten, fragten sie nach ihren Erlebnissen. Jean Baptiste fiel es schwer, noch einmal zu erzählen, was sie da im Dorf genau gesehen hatten. Er wollte es nicht wieder und wieder vor sich ablaufen sehen. Die Frau hatte noch gelebt... Die beiden Männer in dem kleinen Haus und die Kinder... Die kleinen Kinder... Die beiden kauerten schüchtern auf dem Boden. Um sich zwei ältere Frauen. Eine von ihnen war eine Großtante der beiden Kleinen. Sie nahm sich ihrer an, versuchte zu trösten, obgleich sie selbst in diesem Augenblick Trost gebraucht hätte. Die Kleinen verstanden den Tod nicht. Sie erkannten nur in dem, was da geschehen war, etwas Schlimmes, Schmerzhaftes und

Angsteinflößendes. Aber die Endgültigkeit konnte ihnen noch nicht bewusst gewesen sein.

Die alte Dame streichelte den beiden über den Kopf, nahm sie in den Arm und wiederholte immerfort: *Es sind Kinder, die Zukunft! Nur Kinderseelen sind frei von Schuld!* Dann ließ sie ihrem Kummer freien Lauf. Sie hatte nicht mitansehen müssen, was da im Dorf geschehen war, aber sie wusste um den Mord an ihren Verwandten. Jean Baptistes junge Freunde hatten berichtet und nicht nur sie.

Langsam brach die Dunkelheit herein und die Männer beratschlagten, was zu tun sei. Man entschied sich gegen Feuer, auch wenn diese gebraucht würden, um Essen zu kochen und Wasser zu erhitzen. Aber Feuer würden die Milizen sofort auf die Spur führen. Man wollte sich leise verhalten und Ruhe bewahren. Die Männer stellten Wachen auf. Sie postierten sich ringsherum auf dem Hügelplateau und hielten Ausschau nach den Interahamwe-Kämpfern, wie die Hutu-Miliz sich nannte.

Jean Baptiste wollte dem Vater folgen und bestand darauf, ebenfalls Posten zu beziehen. Kagabo blieb bei der Mutter und den anderen Frauen, Alten und Kindern. Man versteckte sich hinter Bäumen und Sträuchern. Es wurde feucht und um diese Jahreszeit auch abends noch kühl. Sie alle mussten damit rechnen, dass es auch Regen geben würde, denn im April fiel in dieser Region der meiste Niederschlag. Und die geflüchteten Tutsi von Gishyita, die sich auf dem Hügeln von Bisesero eingefunden hatten, verbrachten eine erste Nacht in Angst und Schrecken ohne Wärme und ohne Feuer.

Einer hatte sein Transistorradio noch einmal angeschaltet. Spät am Abend als man nirgendwo mehr einen Laut vernahm. Das Radio spielte erst ganz leise Musik, dann schepperte noch einmal die Stimme des Kommentators durch die Nacht. Es war das Hass-Radio. Sie alle hörten es in diesen Tagen. Die einen, weil sie sich fürchteten, dass auch ihre Namen, ihr Aufenthaltsort oder ihr Dorf genannt werden könnten. Die anderen hörten es, um ihre hässlichen Arbeitsaufträge zu erhalten. Es war vielen unbegreiflich, wie man es als seine zu erledigende Bürgerpflicht ansehen konnte, seine Nachbarn zu ermorden. *Tut eure Arbeit! Tränkt den Kuvi mit Kakerlaken-Blut!*

Sie waren angsterfüllt. In der Stimme bebte so viel Hass. Mehrere Männer trafen sich am Fuße eines Felsens. Gab es eine Chance zu entrinnen? Widerstand gegen die Interahamwe wurde fast nirgendwo geleistet. Warum? - Das fragten sich die Tutsi hier auf dem Hügel. Kagabo saß mit seiner Mutter noch immer zusammen bei den Frauen und Kindern. Dort wurde auch über Politik gesprochen, aber die Kinder verstanden es nicht. Kagabo konnte sich zu diesem Zeitpunkt keinen Reim darauf machen, wieso er Angst haben musste, aber seine Freunde Gatete und Habimana nicht. Sie waren seine Spielgefährten gewesen. Gingen in dieselbe Schule wie er. Hatten denselben Heimweg nach Gishyita. Ihre Hügel waren nur unweit des seinen. Zusammen hatten sie mit Bananenblättern Boote gebaut, die man in Pfützen schwimmen ließ. Gemeinsam waren sie durch den Schlamm gehüpft. Sie hatten das gleiche Schicksal geteilt, wenn die Lehrerin sie wegen ihrer Unaufmerksamkeit tadelte. Und nun? Durften Gatete und Habimana sich sicher fühlen, wenn sie zu Hause waren, denn in ihren Pässen prangte das Wort *Hutu*. Sie waren keine Kakerlakenkinder wie Jean Baptiste und er. Es war zu einem Merkmal geworden, das über Leben und Tod entschied. In den ruandischen Pässen und Geburtsurkunden der damaligen Zeit stand zu lesen welcher ethnischen Gruppierung man angehörte: War man ein Hutu, so waren die Begriffe Tutsi und Twa durchgestrichen. Damit hatte man das Papier in Händen, das einen zu den Guten gehören ließ. War hingegen der Begriff Hutu durchgestrichen, war man der Interahamwe ausgeliefert. Die Machete, der Speer, das Messer oder im günstigsten Fall das Gewehr waren dann in diesen Tagen die Antwort auf die Aufforderung *Zeig mir deinen Pass!*

Auf dem Hügel waren auch einige Twa. Die belgischen Kolonialherren nutzten früher oft auch den Begriff des Pygmäen, wenn sie einen Twa meinten. Rund ein Prozent der Ruander sind Twa. Sprach man den Tutsi langen Körperbau und schmale Nasen zu, den Hutu breite Nasen und gedrungenen Körperbau, so galten die Twa gemeinhin als kleinwüchsig. Sie lebten in den Bergwäldern im Norden Ruandas, Ugandas und dem Kongo. Die Twa lebten als Jäger und Sammler. Aber die Zeiten hatten sich geändert. In den Wäldern rund um ihr Siedlungsgebiet wurden Nationalparks eingerichtet, um die Berggorillas zu schützen. Die Twa fanden keinen Lebensraum mehr, der ihre traditionelle Lebensweise ermöglicht hätte. Und schon viele Jahrzehnte zuvor waren viele von ihnen aus den Bergwäldern herabgestiegen und hatten sich in den Dörfern niedergelassen. Sie verdienten ihr Geld am Hofe als Bedienstete der Könige. Aber auch diese Zeit war lange vorüber. Mittlerweile lebten auch die Twa von der Feldarbeit oder vom Handwerk. Sie töpferten oder stellten Eisenwaren her.

Den Hutu waren sie ebenso wie die Tutsi ein Dorn im Auge, denn sie waren keine Hutu. Aber sie waren kaum zu einem Angriffsziel der hasserfüllten Propaganda geworden, weil sie für niemanden eine ersichtliche politische Rolle gespielt hatten. Und so waren die Twa auch auf dem Hügel nur eine Randerscheinung. Wirklich eingebunden hatten sie die Männer nicht als sie ihre Verteidigungsstrategie geschmiedet hatten. Und, auch das mussten die Dorfältesten bald erkennen, eine richtige Strategie hatten sie gar nicht entwickeln können. Sie waren gefangen auf einem großen Hügelplateau. Nur würden sie von hier oben die Möglichkeit haben, sich zu verteidigen. Mit ihren Äxten und Macheten. Sie würden in der Lage sein, die Angreifer schnell ausfindig zu machen und konnten so Frauen und Kinder besser schützen. Nur wie lange? Und wie viele Bewaffnete würde die Interahamwe schicken und wann?

Schlaf fand in dieser Nacht niemand. Kagabo lag dicht an seine Mutter geschmiegt auf einem Bett aus großen Blättern. Zwei der Männer, die Nachtwache geschoben hatten, waren nach der Ablöse nicht auf das Plateau zurückgekehrt, sondern zu den Häusern abgestiegen. Auch einer von Jean Baptistes Freunden war unter ihnen. Sie hatten sich bereit erklärt, in den Häusern Decken zu holen, noch mehr Äxte und Macheten und etwas Nahrung.

Es war beinahe die Zeit des Sonnenaufgangs als dieser Trupp zurückkam und ablud, was man hatte finden können. Die Männer wirkten fahrig, aufgebracht und verängstigt. Nachdem sie Äxte und Macheten abgelegt hatten, die Decken den ältesten Frauen des

Dorfes gegeben hatten, machten sie sich auf den Weg zu den Dorfältesten um ihre Erlebnisse zu schildern.

Es sammelten sich rasch Dutzende Männer um die kleine Versammlung herum. Es war noch immer dunkel, die Nebelschleier ließen den Sonnenaufgang zaghafter ausfallen als üblich. In die Stille hinein durchfuhren die Berichte dieser Männer die sich neigende Nacht. *Tot! Alle! Tot! Blut rinnt über die Wege! An den Rändern liegen sie! Eure Nachbarn, unsere Freunde! Tot! Sie haben ihnen die Kehlen aufgeschlitzt. Abgetrennte Köpfe. Ich habe Nachbarn erkannt.* Sie wurden nach Namen gefragt und Namen wurden genannt. Dann hörte man Wehklagen überall auf dem Plateau. Die Erzählungen waren keine düsteren, blutrünstigen Legenden aus der Zeit der Vorväter oder Märchen, die man sich erzählte, wenn man die Zeiten beschworen hatte, in denen doch alles so viel besser war. Es waren Berichte vom Vortag!

Einer lebte noch. Sie haben ihm die Füße abgeschnitten und dann haben sie ihn liegen lassen. Wir konnten ihn aber nicht mitnehmen... Dazwischen immer wieder die Frage: *Wo sind sie? Habt ihr sie auch gesehen?*
Die Männer schüttelten die Köpfe. Keine Kämpfer in Sicht. Es war gespenstisch ruhig im Dorf. Man hörte vereinzelt Hunde bellen, aber keine Menschen reden, singen oder mit den Macheten klappern. Die Kraftmeierei, die am Vortag alle auf den Hügel

getrieben hatte, war verstummt. Womöglich hatte der Suff die Interahamwe-Kämpfer für einige Zeit außer Gefecht gesetzt.

Der Morgen verlief weiterhin ruhig, aber es strömten immer mehr Menschen auf den Hügel von Bisesero. Kagabo durfte keinen Meter von seiner Mutter weichen, zu groß war die Angst, dass er verloren gehen konnte. Zu Essen hatten sie wenig auf dem Hügel und die paar Decken, die die Männer in Gishyita geholt hatten, reichten lange nicht aus um die unzähligen Menschen zu wärmen oder ausreichend vor der Nässe zu schützen. Und am tristen Morgenhimmel zogen nach den Nebelschwaden nun dichte Regenwolken zusammen.

Dieser verdammte April! rief Papa laut aus als die ersten schweren Tropfen fielen und das Hügelplateau sich langsam dem Regenguss ergab. Die Menschen suchten Schutz unter kleinen Steinvorsprüngen, saßen dicht an dicht unter den schwer triefenden Ästen der großen Bäume, die ein wenig Schutz boten. Jean Baptiste hatte die ganze Nacht über nicht geschlafen. In ihm wühlte das am vorherigen Tage Gesehene ungeahnte Gefühle auf. Er fühlte Hass und Wut und Angst und Verzweiflung - alles zur selben Zeit. Wenn zu dieser Wut und Ohnmacht aber gleichzeitig das Gefühl jugendlicher Unbesiegbarkeit und Stärke kommt, dann wird unglaubliche Energie für Tatendrang freigesetzt. Und wie Jean Baptiste ging es vielen Jugendlichen auf dem Hügel von Bisesero in diesen Tagen.

Sie wollten aufspringen, zu den Waffen greifen und die Interahamwe-Angreifer in die Flucht schlagen. Die jungen Männer waren davon überzeugt, dass sie die Kraft und Stärke aufbringen konnten, die Hutu-Miliz zu bezwingen, wenn nur alle zusammen halfen. Die älteren Männer, die die vorherigen Hutu-Attacken 1959, 1962 oder ´73 noch in Erinnerung hatten, agierten besonnener, waren zudem pessimistischer eingestellt.

Ein alter Mann, der auf seinen Stock gelehnt in der Mitte eines kleinen Platzes saß, den Regen über sich ignorierend, sprach mit Papa und den anderen Männern. Er hatte tiefe Furchen im Gesicht, wache Augen und seine Hände hielt er beim Reden mahnend in die Luft. Die Cordhose, die er seit Tagen trug, war zwar staubig, aber ohne jeden Schliss. Ein breiter Hut aus Filz schützte ihn ein wenig vor den nassen Tropfen. Sein schmales Gesicht wäre wohl von den meisten als typisch für einen Tutsi bezeichnet worden. Ab und an fuhr er sich vorsichtig mit der Hand durch seinen Bart, der sauber gestutzt unterhalb des Kinnes und oberhalb der Lippe wuchs und bereits an vielen Stellen grau und weiß geworden war. In seinen Augen konnte man die lange Lebenserfahrung ablesen. Sie waren klar und weise. Er sprach deutlich, langsam und mit klarer, aber bestimmter Stimme. In Gishyita kannten sie ihn alle. Er war einer der Dorfältesten. Wurde in Gishyita eine der traditionellen Gacacca*-Sitzungen abgehalten, hatte seine Stimme besonderes Gewicht. Keiner wusste genau wie alt der Mann war. Er lebte mit seinen Kindern in einem Haus nahe des Dorfkerns und bestellte dort ein paar Felder. In jungen Jahren hatte er wohl einmal aktiven Widerstand gegen die Hutu-Rebellen geleistet. Nur mit Glück entkam er 1962 einem Angriff. Seine Frau war vor vielen Jahren schon an einer schweren Infektion gestorben. Seitdem kümmerte sich eine Schwiegertochter um den Alten, sorgte für ihn und machte ihm die Wäsche. Der Alte war in besonderer Sorge, denn einer seiner Söhne und die besagte Schwiegertochter waren am vergangenen Nachmittag im Haus gewesen. Seine beiden anderen Söhne und vier der Enkelkinder waren bei ihm. Sie hatten auf den Feldern gearbeitet und wollten sich dann noch um einige Besorgungen im Dorfzentrum kümmern. Es blieb keine Zeit mehr. Man hatte sie zur Eile gemahnt. Und der alte Mann wusste, es gab wenig Zeit zu fliehen. Sie hatten ihn gefragt, wohin man gehen sollte, wo man sicher war. Er schüttelte den Kopf. *Wir sind nirgendwo sicher, weil wir Tutsi sind, aber auf dem Hügel von Bisesero*

---

* Traditionelle Dorfgerichtsversammlung in Ruanda.

haben wir eine Chance, sie zu sehen, wenn sie kommen und
wir haben eine Chance um Hilfe zu rufen.

Sie folgten ihm alle. Nur sein Sohn und seine Schwiegertochter fehlten weiterhin. Auch drei seiner Enkel. Die kleinsten. Kamen nicht auf dem Hügel an. Nun saßen um ihn herum zahlreiche Männer und Jugendliche. Er reckte seinen Stock in die Höhe und hob dann seine Hand um Ruhe zu erbeten. Der Alte wusste, dass sie von ihm Lösungen erwarteten und klar war ihm auch, dass er keine Garantien hatte, die ihnen das Überleben sichern würde.

Wir haben bereits eine Nacht überstanden, meine Freunde! Es war eine kalte Nacht und wie ihr alle merkt, der Regen macht uns zu schaffen. Die Interahamwe wird kommen und uns töten. Sie sagen wieder laut und deutlich, dass alle Tutsi Kakerlaken seien und ausgelöscht werden müssten. Es macht keinen Sinn, sie zu bekämpfen, solange es nicht notwenig ist. Was ich damit meine: Geht nicht zurück nach Gishyita und greift sie nicht an. Reizt sie nicht! Wir müssen Hilfe holen. Wir brauchen Wasser, Vorräte und Feuerholz. Decken und Kleidung. Jeder von euch Männern muss helfen, nur dann können wir ausharren. Wer von euch glaubt, jemanden in Kigali zu kennen, der helfen kann, möge später kommen um das zu besprechen. Die Vereinten Nationen sind im Land, aber sie werden kein Interesse an ein paar hundert Tutsi auf einem Hügel fernab von Kigali haben. Wir sind auf uns selbst ge-

stellt. Wir werden Wachen aufstellen - rund um Bisesero. Nur dann, wenn der Hügel bewacht wird, können wir die Interahamwe-Kämpfer sehen und hören. Wenn es uns gelingt, sie frühzeitig zu erspähen, werden wir sie aufhalten können.

Ein junger Mann reckte seine Axt in die Höhe und schrie: *Und wie, Alter, wie willst du das machen? Wir haben doch nur ein paar Äxte.*

Der Alte fuhr fort: *Wir haben ein paar Äxte. Aber wir haben Unmengen Steine hier auf dem Hügel. Die können wir als Waffen einsetzen. Wir haben einen klaren Verstand und dürfen nicht vergessen: Die Hutu-Milizen haben auch nur ein paar Macheten und Speere und sie sind oft vom Bananenbier benebelt. Lasst uns alle nüchtern bleiben!*

Die Männer nickten eifrig und riefen sich gegenseitig Mut zu. Dann bildeten sie kleine Gruppen. Eine Gruppe besonders mutiger Männer sollte zurück ins Dorf und noch einmal Decken, Wasser und Nahrungsmittel holen. Es war mittlerweile kaum mehr möglich den steilen Weg von Bisesero herabzusteigen. Der stetige Regen des Morgens hatte den Pfad in eine Schlammpiste verwandelt. Es waren immerhin fast sechs Kilometer von der Spitze des Hügels bis ins Dorfzentrum. Wenn man nicht die Schotterpiste nahm, sondern mitten durch den Wald ging, konnte man abkürzen. Das war auch das beste Versteck gegen die Interahamwe-Kämpfer, die vermutlich den direkten und einfachsten Weg über die Straße wählen würden.

Jean Baptiste meldete sich freiwillig für die Aufgabe. Maman und Papa waren dagegen. Er war doch noch nicht richtig erwachsen. Kagabo hing am Rockzipfel der Mutter und verspürte Angst. Er fühlte die Beklommenheit bei den umstehenden Erwachsenen. Sie wollten nicht aussprechen, was alle dachten. Wer sich auf diesen Weg zurück ins Dorf machte, lief Gefahr, nicht mehr wiederzukehren. *Ich kann nicht hier sitzen und auf meine Mörder warten,* sagte Jean Baptiste trotzig.

Aber du bist noch so jung! schluchzte die Mutter.

Ich werde wiederkommen, zusammen mit den anderen Männern. Wir werden Decken und Wasser dabeihaben, Waffen und etwas zu essen. Vertrau mir! Die Mutter tat sich schwer und der Vater wandte sich ab. Der Alte hatte das Gespräch aus einigem Abstand beobachtet. Er bat Jean Baptiste zu sich.

Mein Junge, es ist gefährlich. Kein Spiel! Vertraue ihnen nicht. Sage niemandem, wo wir sind. Achte darauf, dass dir niemand folgt. Geht zusammen hinunter, aber steigt alleine und einzeln wieder auf. Verhaltet euch ruhig und vermeidet alles, was auffällt. Jean Baptiste, du bist kaum erwachsen.

Glaube nicht, dass es eine Chance ist, sich zu beweisen, über sich hinauszuwachsen. Glaube an deine körperliche Ausdauer und Kraft. Aber sie ist nicht dazu in der Lage, Macheten oder Äxte zu besiegen. Sie ist dazu in der Lage, steile Pfade zu erklimmen, Steine beiseite zu räumen und lange, lange Wege ohne Wasser zu gehen. Versprich mir, dass du immer daran denkst, dass du kein Held sein wirst.

Jean Baptiste nickte. Der alte Mann legte seinen Arm um seine Schultern und ging mit ihm zusammen zurück zu Maman und Papa. *Es macht keinen Sinn, ihn aufzuhalten. Er hat gestern das Morden mit eigenen Augen gesehen. Euer Sohn brennt darauf, etwas zu tun. Er kann nicht schweigend hier sitzen und zusehen, wie sie uns ausrotten. Er wird vorsichtig sein. Und die anderen Männer, die mit ihm gehen, sind allesamt umsichtig.*

Maman drehte sich um und ging zu den anderen Frauen zurück. Kagabo folgte ihr. Er sagte noch etwas zu Jean Baptiste, was dieser aber nicht verstand. Papa nahm seinen Sohn in den Arm und mahnte ihn noch einmal eindringlich zu äußerster Vorsicht. Dann marschierte der älteste Sohn von dannen. Die Männer trafen sich am Beginn des steilen Weges, der von Bisesero hinabführte in Richtung Straße. Es waren acht andere Männer und Jugendliche. Darunter auch einer von Jean Baptistes Freunden, die am Vortag mit ihm durch Gishyita gelaufen waren und bei einem Haus

mit ansehen mussten, was die Hutu-Milizen dort ange-
richtet hatten.

Sie schlitterten den Weg bergab. Und noch
immer regnete es wie in Strömen. Der April war der
regenreichste Monat in Ruanda und dieser April
schien noch mehr Regen bereit zu halten als die Jahre
zuvor. Als beweinte der Himmel die Tragödie, die sich
überall im Land abspielte, öffnete er seine Pforten und
sandte Wassermassen herab.

Jean Baptiste hielt sich dicht neben den anderen. Sie hatten beschlossen noch solange den Weg zu
benutzen wie man in Sichtweite der anderen war und
außer Sichtweite der Straße am Fuße des Hügels. Als
sie sich soweit entfernt hatten, dass sie damit rechnen
mussten, auf Hutu-Milizen zu treffen, schlugen sie einen anderen Pfad ein und verließen den Weg.

Die Männer bahnten sich einen Weg durch
den dichten Wald. Im Regen erschien das Grün noch
unwegsamer und das Dickicht noch undurchdringli-
cher. Sie tasteten sich Schritt für Schritt voran. Alle
paar Meter hielten sie inne, schwiegen und lauschten
angespannt. Waren da Stimmen? Klapperten da Machten in der Ferne? Erst als sie sich sicher waren, dass
ihnen weder jemand folgte noch entgegen kam, gingen
sie weiter. Selbst bewaffnet mit nur zwei Macheten

157

ging es langsam vorwärts. Und die Macheten dienten in diesem Augenblick nur dazu, den Weg frei zu schlagen, nicht einen Feind abzuwehren. Zwei Waffen würden im Zweifelsfall nichts einbringen, wenn sie überrascht würden und die Angreifer zahlenmäßig überlegen wären.

Nach einer Stunde Fußmarsch erreichten sie erneut die Straße. Hier war der Weg breit und mit Schotter befestigt. Langsam schlichen sie sich an die Straße heran. Niemand. Stille. In allen Windrichtungen herrschte absolute Ruhe. Nur der tosende Regenfall war zu hören. Ein junger Mann gab zu bedenken, dass genau dies zu ihrem Verhängnis werden konnte, denn im Regen kamen auch die Milizen besser unbemerkt voran. Aber die anderen gaben ihm zu verstehen, dass das auch für sie selbst galt und sie so auch einfacher unentdeckt bleiben konnten.

Es war bereits Nachmittag als die Männer das Zentrum von Gishyita erreichten. Es war menschenleer und ausgestorben. Sie hatten sich nicht getraut, die Schotterstraße zu nehmen. Blieben stattdessen weiterhin im Schutz des Waldes verborgen. Es dauerte viel länger als am Tag zuvor. Jean Baptiste fror mittlerweile. Er war vollkommen durchnässt, fühlte sich müde und hatte zahllose Schrammen an den Beinen und Händen. Er war nicht am Anfang der Gruppe gelaufen, sondern in der Mitte. Der erste im Trupp nutzte die Machete um den Weg freizulegen. Das Geäst, die Schlingpflanzen und Sträucher bahnten sich aber bereits nach wenigen Männern wieder ihren Weg in ihre alte Position, sodass die Tutsi in der Mitte mit allerlei Ästen und Zweigen, Blättern und Blüten zu kämpfen hatten.

Jean Baptiste folgte einem anderen Mann, der ihm vorgeschlagen hatte, zusammen erst zu dessen Haus zu gehen, das in der Mitte von Gishyita stand. Dann würden sie gemeinsam zu Jean Baptistes Haus am Ortsrand gehen und sich dann auf den Weg zurück auf den Hügel von Bisesero machen. *Wir werden in der Nacht nicht laufen können,* sagte ein anderer. *Lasst uns einen Punkt ausmachen, wo wir uns treffen um dann gemeinsam loszuziehen!* fügte ein Dritter an. Aber der älteste in der Gruppe mahnte: *Erinnert euch daran, was der Alte gesagt hatte! Wir sollen alleine zurück. Jeder von euch wird etwas zu tragen haben, aber wir werden nicht auffallen, wenn wir alleine unterwegs sind. Als Gruppe sind wir leichter auszumachen. Geht vielleicht zusammen mit einem anderen, aber lasst uns nicht alle zusammen losziehen!*

Sie alle nickten und gaben zu, dass sie versprochen hatten auf den alten Mann zu hören und sahen ein, dass der Wunsch zusammen zu gehen hauptsächlich der Angst geschuldet war, es nicht zu schaffen, den Weg alleine zu bezwingen.

Jean Baptiste und sein Begleiter liefen nun an der Spitze der Gruppe. Theogene war Vater von drei Mädchen. Ein junger Tutsi von Anfang dreißig vielleicht. Er trug die Haare sehr kurz rasiert. Auf dem Kopf hatte er eine rote Kappe. Seine Augen waren ein wenig rot unterlaufen. In normalen Zeiten erkannte man ihn an seinem verschmitzten Lächeln. Aber in diesem Augenblick war in seinem Gesicht Furcht und Sorge. Kurz bevor sie sein Haus erreichten, schloss er die beige Lederjacke über dem vollkommen durchnässten T-Shirt und setzte nur mehr zögerlich Schritt vor Schritt. Seine Frau und seine drei Töchter waren auf dem Hügel von Bisesero in Sicherheit. Aber sie waren am Vortag auch nicht in ihrem Haus gewesen, sondern bei Freunden auf einem anderen Hügel. Theogene wusste, dass die Interahamwe in Gishyita selbst bereits gewütet hatte, denn Jean Baptiste hatte ihm kurz erzählt, was er am Vortag am Ortsrand selbst erlebt hatte.

Sie öffneten die Tür zu seinem Haus. Alles war ruhig. Der Ort wie ausgestorben. Durch ein Fenster sahen sie zwei weitere Männer in einem Haus verschwinden. Auch sie würden nun nach Lebensmitteln suchen, Decken und Äxte zusammenpacken.

Theogene lief in das zweite Zimmer, kramte in einem Schrank nach einer neuen Hose. Er zog sich um, die Kälte und der Regen hatten ihm zugesetzt. Er holte auch für Jean Baptiste eine frische Hose und ein T-Shirt hervor. *Nimm, auch wenn ich weiß, dass wir hernach wieder nass und schmutzig werden...* Jean Baptiste bedankte sich freundlich und zog sich ebenfalls schnell um.

Lass uns keine Zeit verlieren! Ich suche hier alles zusammen und mache mich dann mit einem Bündel auf den Weg zu deinem Haus, Jean Baptiste, sagte Theogene.

Soll ich vorlaufen und mein Bündel zu Hause schnüren und wir treffen uns dann bei meinem Haus? hakte der Jüngere nach.

Theogene nickte stumm.

Jean Baptiste verließ mit dem beklemmenden Gefühl nun alleine zu sein das Haus des anderen Tutsi und machte sich auf den Weg in Richtung seines Hügels. Er hatte kaum erneut den dichteren Wald erreicht, als er ein Geräusch ausmachen konnte, das ihn an die Milizen vom Vortag erinnerte. Er warf sich hinter einen Strauch, der dichte, breite grüne Blätter als Schutz bot. Sie kamen zurück! Er hörte sie näher kommen, sie sangen wieder ihre hässlichen Lieder. Sie tönten, dass am Ende des Tages keine Kakerlake mehr am Leben sein würde. Sie donnerten mit Speeren und Macheten an die Türen der Häuser. Theogenes Haus war noch nah genug, dass Jean Baptiste es gut erkennen konnte. Es waren an die zwei Dutzend. Sie trugen bunte Tücher auf dem Kopf. Es war ihr Kennzeichen. Bunte Hemden, bunte Tücher. Damit konnte die Armee erkennen, dass es sich um Milizen handelte, die ihre Arbeit taten. Sie arbeiteten weitestgehend Hand in Hand. In die abgelegenen Gegenden des Landes drang die Armee nicht mehr vor. Sie war beschäftigt, die Tutsi-Rebellen abzuwehren, die sich unaufhörlich in Richtung Kigali vorkämpften. Aber das spielte für die Menschen in Gishyita an diesem April-Tag alles keine Rolle.

Die, die wir gestern nicht bekommen haben, bekommen wir heute. Und die, die wir heute nicht bekommen können, bekommen wir morgen. Und wir kommen wieder, solange bis die letzte Kakerlake ausgerottet ist. Das sangen die Männer mit ihren hasserfüllten Stimmen.

Jean Baptiste sah wie sie mit den Macheten die Fensterscheiben von Theogenes Haus einschlugen. Ihm gefror das Blut in den Adern. Er spürte wieder den Herzschlag an seinem Hals, hatte das Gefühl zu fallen, auch wenn er bereits hinter dem Strauch saß. Es war als riss es ihm die Beine in eine unendliche Tiefe.

Die Milizen traten zweimal gegen die Tür. Einer schrie: *Mach auf, Tutsi! Und wenn du glaubst, wir finden dich in deinem Haus nicht, täuschst du dich! Mach auf, Theogene!*

Sie kannten Theogene. Und Jean Baptiste erkannte unter ihnen bekannte Gesichter aus der Nachbarschaft. Junge Männer wie er. Sie hatten zusammen gespielt als sie kleine Kinder waren. Gaben sich von ihrem Bananenbrei zu essen, tauschten Dinge oder spielten Fußball miteinander. Nun aber waren aus befreundeten Nachbarjungen erbitterte Feinde geworden. Das machte es für Jean Baptiste nur noch schlimmer.

Er fixierte das Haus ganz genau. Er sah wie Theogene die Tür öffnete und die Hutu über ihn herfielen. Es dauerte nur einen winzigen Moment bis er zu Boden fiel. Aber das reichte ihnen nicht. Jean Baptiste wandte sich ab. Richtete den Blick auf den Boden, vergrub sein Gesicht im Dickicht der Blätter, rieb sich Regenwasser über Mund und Nase, kämpfte gegen einen Würgereiz an und spürte plötzlich eine schwere Müdigkeit.

Theogene. Eben war der junge Vater noch sein Begleiter. Sie hatten gemeinsam den Weg zu Theogenes Haus zurückgelegt, sich vereinbart für den Rückmarsch. Er hatte Jean Baptiste eben noch eine Hose und ein T-Shirt geliehen. Und nun war er tot. Aus dem Weg geräumt. Die Interahamwe-Männer zogen weiter die Straße entlang. *Wieder eine Kakerlake, wieder eine und wieder eine...* sangen sie und ihre schrillen Stimmen klirrten. Man hörte Bierflaschen. Auf den Sieg gegen das Leben einen trinken! Der verhasste Gegner wurde dezimiert, wie unpolitisch die einfachen Menschen im Grunde auch waren.

Zurück blieb der Leichnam eines jungen Familienvaters vor seinem Haus. Niedergestreckt mit nur einem Hieb. Verblutend und verstümmelt durch weitere Hiebe der Aggression.

XIII

Nach dem Mittagessen machten sie sich auf den Weg durch Gishyita. Christine und Gregoire wollten dem Gast aus Deutschland seine einstige Heimat zeigen. Gishyita war gewachsen. Filonne und Armand besuchten in der Zwischenzeit andere Freunde.

Kam es Kagabo nur so vor oder waren auch die Felder rund um das Dorf gewachsen? Früher stand dichter Wald überall auf den Hügeln. Dazwischen betrieben die Menschen Landwirtschaft. Und nun waren überall Teeplantagen und Kaffeesträucher.

Es ist tatsächlich mehr geworden. Wir haben hier eine Kaffeeplantage. Sie stellen guten Kaffee her, der sogar nach Europa oder Amerika exportiert wird, sagte Gregoire.

Dunkelgrün schimmerten die Sträucher durch die Sonne. An ihnen hingen rotglänzend die Kaffeekirschen. Das Gold des Hochlands.

Sie gingen weiter durch die Gassen als würden sie eine Besichtigungstour für Urlauber absolvieren. Hier ein kleiner Markt, da ein Laden für allerlei Krimskrams. Es fehlte nur, dass Kagabo seine Kamera zückte um schöne Bilder für daheim zu machen. Dann hielt er plötzlich inne. Blieb stehen und deutete mit dem Finger geradeaus. *Das ist das Haus unserer Nachbarn!*

Sie waren an einem der äußeren Enden der Hauptstraße durch Gishyita angelangt. Früher standen hier ein oder zwei Häuser. Heute waren es viele mehr. *Bist du sicher?* hakte Christine nach, die die Leute kannte, die hier lebten. Es waren arme Twa, die als Tagelöhner auf den Feldern anderer schufteten. *Ganz sicher, es kommt mir so bekannt vor!*

Sie haben viel gebaut hier, fügte Gregoire an.

Es ist das Haus unserer Nachbarn! bekräftigte Kagabo. Er war sich seiner Gefühlslage nicht ganz sicher. War es Freude über einen wiederentdeckten Ort der Kindheit? Oder war es Angst, sich immer näher an den April 1994 heranzutasten?

Christine klopfte an die Türe des Hauses. Eine junge Frau öffnete. Sie sah sehr arm aus und auch das Innere des Hauses wirkte armselig und einfach. So, als habe man seit dem es von Kagabos Nachbarn verlassen wurde, nichts mehr daran getan. Die Frau scharte zwei kleine Kinder um sich. Während die Kleinen lachten und grinsten, wirkte die Frau eingeschüchtert und etwas verschreckt.

Christine sprach langsam auf Kinyarwanda mit ihr. Kagabo nickte als er vorgestellt wurde. Deutschland. U Budage... Das Kinyarwanda-Wort für Deutschland. Die Frau nickte mehrfach. Sie trug ein buntes Tuch um die Schulter und um den Kopf. Ihre Bluse war etwas ausgeblichen und ihre Füße steckten in ausgetretenen Plastiksandalen. Eines der kleinen Kinder zerrte an ihrem langen, bunten Rock und wollte getragen werden.

Er will nicht dieses Haus kaufen oder sonst etwas von euch haben, er sucht Erinnerungen aus der Vergangenheit, erklärte Gregoire.

Die Frau bat die Gäste in ihr Haus. Sie kannte Gregoire und Christine vom Sehen. Es waren reiche Leute. Es war der Twa-Frau unangenehm, dass diese Reichen nun ihre Armut zu sehen bekam, aber die Gastfreundschaft verlangte es, sie einzulassen.

Im Inneren des Hauses war es stickig und es gab kaum Platz. Auf dem Boden lagen Teppiche. An einer Wand standen Kochutensilien. Kagabo war klar, dass etwas mit diesem Haus passiert sein musste, denn die Nachbarn von damals hatten in keinem so kleinen Haus gelebt. *Meine Schwiegereltern sind auf dem Feld, sie kommen später zurück. Sie wissen alles über das Haus,* sagte die junge Frau, die langsam begann ihre Scheu zu ver-

167

lieren. Sie fragte die Gäste, ob sie ihnen etwas Bananenbier anbieten durfte. Gregoire, der es im Grunde hasste, nickte und dankte höflich. Er nahm einen Schluck und stellte den Becher freundlich wieder ab. Es war nicht üblich, dass Frauen auch tranken. Daher war die junge Mutter nicht sicher, ob sie auch Christine etwas anbieten sollte. Die schüttelte aber sofort den Kopf und lehnte dankend ab. Kagabo probierte ebenfalls einen Schluck. Das Bier schmeckte süß, traf aber nicht seinen Geschmack. Auch er stellte den Becher rasch wieder ab.

Wir machen es selbst, sagte die Frau stolz. Ihre beiden Kinder stolperten mittlerweile munter im Zimmer herum, kletterten Kagabo auf den Schoß und spielten mit dem Reißverschluss seiner Jacke. *Ich habe auch einen Sohn,* sagte er um ein Gespräch in Gang zu bringen.

Gregoire hatte einen Einfall wie man die Zeit totschlagen konnte bis die Schwiegereltern und der Ehemann zurückkamen. *Zeig uns doch, wo ihr das Bier macht. Unser Freund aus u Budage will sicherlich sehen, wie das geht.*

Wir machen es mit unseren Nachbarn zusammen. Die Stelle ist ein wenig den Hügel hinab. Wollt ihr da hin? Ich gehe gern mit. Gregoire und Christine nickten eifrig und

Kagabo stand sogleich auf. Obgleich es seine Heimat war, hatte er ein seltsames Gefühl der Beklommenheit gespürt. Es war ihm peinlich, diese Armut zu begaffen. Sie war ihm so fremd geworden nach über zwei Jahrzehnten der Abwesenheit. Dieses Haus, auch wenn es das der Nachbarn war, war so fremd geworden. Als kleiner Junge musste er ein paarmal mit den Nachbarjungen hier gewesen sein. Dann hatten sie vor dem Haus gespielt. Die Mutter hatte ihnen zu essen und trinken gegeben, so wie es Maman getan hatte, wenn Kagabo mit seinen Freunden kam. Nun aber war es, als stammte all das aus einer anderen Welt und einer anderen Zeit.

Die junge Frau schritt voran. Sie stiegen ein wenig die Straße herunter in den steilen Hügel hinein. Umgeben war alles von riesigen Bananenstauden.

Gregoire erklärte Kagabo wie man das Bier , das traditionelle inzoga herstellte. Zuerst wurden unreife Bananen in einem Erdloch mit Blättern abgedeckt oder an den Rand eines Kohlefeuers gelegt. Dann pressten die Frauen die nun reifen Bananen aus. Sie mischten den Saft mit einem Drittel Wasser und gaben dann noch ein spezielles Gras hinzu. Das Gemisch wurde dann kräftig gerührt und anschließend wieder gesiebt, sodass das Gras und auch die Reste von Bananenfleisch herausgefiltert werden konnten. Um

169

die Gärung zu beschleunigen wird noch geröstete Hirse beigemischt. Das Bier wird nicht aufgekocht.

Die junge Frau zeigte den Gästen die Bottiche, in denen die trübe Flüssigkeit war. Sie wirkte stolz und ihre beiden Kinder flitzten um den Bottich herum. Kagabo merkte, dass sie gerne etwas erzählt hätte, sich aber immer noch nicht richtig traute.

Es dauerte noch eine Weile, ehe der Besitzer des Hauses mit seinem Sohn und seiner Frau nach Hause kam. Sie liefen den Weg von einem der anderen Hügel herauf. Der jüngere der beiden Männer hatte eine Harke über die Schulter geworfen. Die beiden Älteren trugen Reisig und geernteten Mais.

Als sie erkannten, dass die Frau und Schwiegertochter Besuch hatte, liefen sie etwas rascher auf das Haus zu. Die junge Twa-Frau kam ihnen ein paar Schritte entgegen, während die beiden Kinder munter auf ihren Vater und den Großeltern zu sprangen, beide immer wieder umkreisten und dann zurück zur Mutter rannten. Die drei Erwachsenen sprachen leise ein paar Worte miteinander.

Wir wollen euch nicht lange aufhalten, sagte Gregoire. *Unser Bekannter kommt aus Deutschland, ist aber als*

Kind hier in Gishyita aufgewachsen. Kagabo nickte freundlich.

Wie können gerade wir euch helfen, hakte der Twa nach. Nun mischte sich Kagabo selbst ein und erklärte den Grund des Besuchs: *...und als mir Gregoire und Christine nun meine ehemalige Heimat Gishyhita zeigten, entdeckte ich hier plötzlich dieses Haus. Es kam mir sofort bekannt vor. Es gehörte einst unseren Nachbarn.*

Erschrocken zuckte der Twa zusammen. Wollte er die Gäste eben noch ins Haus bitten, blieb er nun vor der Eingangstüre stehen und erklärte ohne Umschweife: *Dieses Haus gehört meiner Familie. Wir werden es nicht hergeben!* Gregoire erlaubte sich, ihm vorsichtig freundschaftlich die Hand auf die Schulter zu legen. *Mein Freund, es geht unserem Bekannten aus Deutschland nicht darum das Haus seiner einstigen Nachbarn zu bekommen. Er möchte ausschließlich etwas über seine eigene Vergangenheit in Erinnerung bringen.*

Der Twa sah beide ungläubig an und schüttelte heftig den Kopf. *Ich wünschte, ich könnte sagen, dass ich mich nicht mehr an die Vergangenheit erinnere. Mein Sohn ist zu jung für Erinnerungen, er hat das Ruanda vor dem Wahnsinn nicht erlebt. Aber er weiß um all die schrecklichen Dinge.*

Kagabo erzählte, er sei knapp acht Jahre alt gewesen, als der Krieg ausgebrochen war. Er fügte auch sofort an, dass er heute als Arzt in München lebte und kein Interesse einem Haus in Gishyita habe.

Der ältere Twa begann Vertrauen zu schöpfen und bat die Gäste nun doch hinein. Es gab eine erneute Runde Bananenbier für alle und dann begann er zu erzählen.

Nach all dem Unheil vor so langer Zeit, mussten wir fort, denn unsere Behausung war ausgebrannt. Ihr wisst selbst, als Twa hatten wir kein gutes Leben. Wir waren immer an letzter Stelle. Noch nach euch Tutsi. Aber wir wollen uns nicht beklagen. Meine Familie hat überlebt. Zumindest meine Frau und mein ältester Sohn. Wir haben eine kleine Tochter verloren und die Großeltern meines Sohnes. Beiderseits. Sie wurden uns auf unterschiedliche Art geraubt. Großmutter überlebte nicht, weil sie den Hutu in die Hände fiel. Großvater starb kurz nach dem Krieg an seinem kranken Herzen. Und die Eltern meiner Frau waren während der Auseinandersetzung in unserem kleinen Dorf einfach verschwunden. Wir wissen heute noch immer nicht genau, wie sie ermordet wurden und wer es war. Aber auch sie sind tot.

Meine Frau und mein Sohn schafften es nach draußen ins Freie. Die Hutu-Schergen hatten bei uns nicht mit der Machete gearbeitet, sondern erst einmal Feuer gelegt. Alle

172

Hütten der Twa brannten. Und sie brannten schnell. Schneller als eure festen Häuser. Die schlafende Tochter blieb zurück. Meine Frau wollte noch einmal in das Flammenmeer. Aber ich hatte zu große Angst, am Ende beide zu verlieren. Zudem warteten die Milizen nur darauf, uns zu fassen zu bekommen. Bis heute wache ich nachts auf und habe Angst, dass der Herr mich eines Tages für den Tod meiner Tochter verantwortlich macht, weil ich das zugelassen hatte.

Wir haben vier Monate im Wald gelebt und uns von Wurzeln und Beeren ernährt. Es war ein Leben wie das unserer Vorväter, aber es war nicht sorgenfrei. Wir waren in ständiger Angst, dass der Krieg nie enden würde und wir am Ende von der Hutu-Power doch noch ermordet würden.

Als dann der Völkermord vorbei war, kamen wir hier her. Man sagte uns, es gäbe ein paar Häuser in Gishyita von Tutsi, die umgekommen waren, die man noch bewohnen konnte. Wir hatten nichts. Und wir haben im Grunde genommen noch immer nichts. Daher findet ihr dieses Haus heute als halbe Barracke vor. Wir haben bislang zu wenig Geld verdient, als dass wir das Zerstörte wieder hätten aufbauen können. Und das nach über zwanzig Jahren!

Er wischte sich eine Träne aus dem Augenwinkel und fuhr fort.

Es ist immer noch schwer für uns, hier zu leben. Wir wissen, dass wir ein Haus bewohnen, das einer Familie gehört hat, die hier ihr Glück gefunden hatte. Tutsi, die hier Kinder groß gezogen hatten. Menschen, deren Lebensmittelpunkt dieses Haus war. Aber sie sind nun im Reich der Ahnen und werden uns verzeihen können, dass wir ihr Haus bewohnen. Bitte nehmt uns dieses Haus nicht wieder fort.

Kagabo schüttelte heftig den Kopf.

Es ist das Haus unserer Nachbarn. Ich war selbst das letzte Mal hier als ich ein kleiner Junge war. Der Völkermord hat mich zum Waisen gemacht. Ich lebte nun auch zwei Jahrzehnte bei meinem Onkel und meiner Tante in Deutschland. Niemand will euch das Haus entreißen. Ich wollte ein Stück meiner Vergangenheit finden. Das ist mir nun bereits gelungen. Ich habe das Haus unserer damaligen Nachbarn gesehen und ich bin sicher, ich finde nun auch den Platz, wo einst das Haus meiner Eltern stand. Unser Haus!

Der Twa nickte. Er fühlte sich nun ein wenig befreiter. Es hatte ihn anfangs schon stutzig gemacht, Fremde vor dem Haus zu sehen. Außerdem hatte der Blick seiner Schwiegertochter Sorgen und Angst verraten. Nun aber war er zufrieden, dass er dem jungen Mann aus u Budage helfen konnte, seine Erinnerungen aufzufrischen.

Und Kagabo spürte wie in ihm ein Gefühl für diese eigene Vergangenheit entstand. Eine Art wohlige Verbindung zum Damals. Die dunklen Flecken auf der Seele, die ihm so viele Jahre zur Last geworden waren, fielen Stück für Stück weiter ab.

Er sah sich in dem einfachen Haus um. Es war für ihn selbst unbegreiflich geworden, dass man so leben konnte, lebte er doch seit über zwanzig Jahren in Reichtum und Sicherheit. Er kannte keine regennassen Fußböden im Haus. Er musste kein Feuer im Haus entfachen um zu kochen. Für ihn war feuchte Kleidung nur ein Problem, wenn er vor der Türe war. Er hatte ein sauberes Bad und eine funktionierende Toilette. Es war so selbstverständlich geworden. Sie hatten all das auch früher schon einmal, denn sie waren nicht so arm wie die meisten Twa. Aber diese kleine Flamme des Wohlstands war mit dem Genozid ausgehaucht worden. Heute hatte dieses Haus kein Badezimmer mehr, denn die Wasserleitung funktionierte lange schon nicht mehr. Zur Reparatur allerdings fehlte der Twa-Familie das Geld. Sie hatten eine Latrine hinter dem Haus. Ein Fliegengitter als Fenster und dennoch ein Paradies für jede Fliege und damit ein Hort für Krankheit und Unheil. Der nüchterne Arzt Kagabo sah die Kinderaugen wenig leuchten. Hunger und einseitige Ernährung schadeten der Gesundheit - gerade der Gesundheit der Jüngsten. Plötzlich sagte

Kagabo auf deutsch, sodass es keiner verstand: *Und es wäre doch alles hier, man müsste es sich nur leisten können.*

Hatte er beim ersten Eintreten Armands und Filonnes Haus noch als etwas einfach empfunden, so wurde ihm in diesem Moment bewusst, dass Arm und Reich in Ruanda anders definiert werden mussten. Die beiden hatten ein sauberes Bad in ihrem Haus, mussten keine Feuchtigkeit ertragen und benutzten Gas zum Kochen. Diese Twa-Familie, die nach dem Völkermord das Haus seiner Nachbarn bezogen hatte, musste mit all diesem Mangel Tag für Tag zurecht kommen.

Er bat Gregoire und Christine nun ein Stückchen weiter zu gehen, er wollte zu dem Platz, wo sein Elternhaus gestanden hatte. Kagabo spürte, dass die Erinnerung nun zurück war und wusste mit einem mal auch wieder genau, welchen Weg er gehen musste, um *nach Hause* zu gelangen.

XIV

Jean Baptiste erreichte sein Haus. Noch immer zitterten ihm die Knie. Er überlegte kurz, ob es richtig war, trotzdem etwas aus dem Haus zu holen. Würden die Milizen nicht auch bei ihnen zu Hause nach Menschen suchen, die sich nicht irgendwo versteckt hielten? Er war sich sicher, dass die Interahamwe-Kämpfer immer aggressiver würden, je weniger Tutsi-Bewohner noch aufzuspüren waren. Es stellte also ein gewaltiges Risiko dar, ins Haus zu gehen, einige Decken und etwas Essbares zu holen und dann wieder aufzubrechen.

Er legte sich im Dickicht des Bananenfelds hinterhalb des Hauses auf die Lauer. Von dort aus konnte man ganz gut den Weg den Hügel hinab beobachten. Sie würden wie immer die Straßen nehmen und nicht quer durch den Wald laufen. Die Hutu-Power waren sich ihrer Überlegenheit so sicher, dass sie nicht nach einzelnen im Wald Ausschau hielten. *Wir kriegen alle Kakerlaken!* hatten sie lautstark getönt. Im Radio. Und unterwegs.

Niemand kam. Vermutlich waren sie noch einmal im Zentrum Gishyitas beschäftigt, die Tutsi-

177

Familien zu jagen, die sie am Vortag nicht aufspüren konnten. Es fühlte sich schrecklich an, dachte Jean Baptiste an die anstehende Aufgabe. Er musste in sein Haus, durfte aber auf keinen Fall den Überblick draußen verlieren. Er musste auf Nummer sicher gehen, dass er fortkommen würde, wenn sie den Weg heraufzögen.

Der Regen hatte aufgehört und die Luft war etwas klarer. Langsam schlich sich Jean Baptiste zum Haus. Fortwährend sah er sich aufmerksam um. Vor sich das Gebäude, hinter sich den dichten Wald. Seitlich am Elternhaus vorbei konnte man die Straße erkennen. Alles blieb ruhig.

Vorsichtig schlich er ums Haus herum. Nun sah er, dass aus dem Wald auf der Talseite zwei, drei Rauchsäulen aufstiegen. Die Rauchschwaden waren zu groß, zu dicht, als dass es der Rauch einer einfachen Feuerstelle hätte sein können. Es mussten brennende Gebäude sein. Die Interahamwe zündete demnach Häuser an und brannte sie nieder.

Erschöpft und ausgelaugt fiel Jean Baptiste kurz hinter der Türe zu Boden. Ihm wurde plötzlich bewusst, dass er seit einer gefühlten Ewigkeit nichts mehr gegessen und getrunken hatte. Als sie das Haus Hals über Kopf verlassen mussten, nahmen sie nur wenige Vorräte mit. Papa hatte zwei Trinkbehälter voll Wasser mitgenommen. Diese hatten sie einmal aufgefüllt. Unterwegs hatte Jean Baptiste lediglich etwas Wasser von den Blättern getrunken.

Nun eilte er in die Küche, erneut zitterten ihm die Knie. Er musste sich setzen. Langsam spürte er, wie das Wasser die brennende Kehle hinabfloss. Es kühlte die Speiseröhre und den Magen. Eine übermächtige Schwäche überkam ihn. Er hatte das Gefühl, nie wieder aufstehen zu können.

Jean Baptiste hatte kein Gefühl mehr für die Zeit, die er regungslos auf dem Küchenboden verbracht hatte. Er musste vor Erschöpfung eingeschlafen sein. Als er sich der Situation wieder bewusst wurde, hörte er etwas vor dem Haus. Es waren keine klar erkennbaren Stimmen, aber es war Lärm. Er ging zurück in den Flur.

Papa war einer der Bauern, die außer Felder auch Vieh besaßen. Sie konnten sich ein Haus mit drei kleinen Zimmern und einem großen Wohnraum leisten. Sie hatten eine Latrine auf dem Hof, einen eigenen Wasserbrunnen und eine Veranda. Papa fuhr sein eigenes Auto und belieferte zwei Hotels in Kibuye mit Gemüse. Es hätte Jean Baptiste eigentlich gewundert, wenn der Mob nicht auch bei ihnen versucht hätte, den politischen Auftrag zu erfüllen. Papa war in Gishyita kein Unbekannter. Und er hasste den Hass. Das machte er immer wieder lautstark klar. Auch von daher war sich Jean Baptiste bewusst, dass die Milizen ihr Haus aufsuchen würden.

Er schlich ganz vorsichtig vor das Haus. Zur Straße hinab waren es nur ein paar Meter. Den Hügel hinab konnte man nicht gut sehen, ein paar blühende Sträucher versperrten den Weg. Das aber bot ihm selbst Schutz. Leise und vor Angst zitternd hielt Jean Baptiste inne. Woher kam der Lärm? Es war Gesang. Aus einem Radio, aus mehreren Kehlen, unterstützt von Klappern und Trommeln. Dieser Spielmannszug aber war nicht unterwegs, um mit den Leuten ein Fest zu begehen, er kündigte das Morden an.

Jean Baptiste hatte keine Chance. Würde er nun zurück in den Wald laufen, würden sie ihn erkennen, denn zwischen Haus und Wald lag eine freie Fläche. Hier weideten ab und an die Rinder, wenn sie nicht in der Talsenke des Hügels waren. Im Augenblick war das Vieh dort sich selbst überlassen. Hinterhalb dieser freien Fläche gab es eine kleine Bananenplantage, die würde Schutz bieten, sie war abgezäunt. Aber er musste aus dem Haus heraus, den Garten durchqueren und über die kleine Weide. Es waren etwa hundert Meter. Der Gesang war so laut geworden, dass man nun Wortfetzen vernehmen konnte. Er war zu spät. *Tutsi-Kakerlaken kommt und seht, wie es euch ergeht!* hörte er sie grölen. *Wir fällen jeden Baum, egal auf welchem Hügel er auch steht!* ging es weiter. Das Klappern mit den Macheten wurde für Jean Baptiste zu einem lebensbedrohlichen Geräusch, das ihn in Angst und Schrecken versetzte. Es wäre allzu menschlich gewesen, in dieser Situation einfach die Nerven zu verlieren und so schnell es ging in die Richtung des Waldes zu laufen. Aber Jean Baptiste blieb in diesem Augenblick einfach ruhig und überlegte. Er ging zurück ins Haus. Riss in der Küche den Vorratsschrank auf, nahm sich Reis, Mais und Zucker. Steckte alles in einen Sack, den Papa nutze, wenn er zum Markt fuhr. Dann nahm er einen Wasserkanister und zwei Küchenmesser. Mehr konnte er nicht tragen.

Er hörte das Stampfen der Interahamwe näher kommen. Bestimmt waren die Milizen wieder nicht alleine, sondern wurden von aggressiven Hutu-Bürgern aus Gishyita begleitet. Manche seiner einstigen Freunde hatten ihn gewarnt. *Wir werden alle gezwungen werden, euch zu killen,* hatte Eugène gesagt. Der wollte lieber selbst sterben, aber er ahnte, dass die Angst ihn besiegen würde. Andere waren angesteckt worden vom blinden Hass. Sie liefen nicht mehr mit den Tutsi-Jungs durch die Gassen, spielten nicht mehr mit einem

181

Tutsi Fußball oder wollten in der Schule nicht mehr mit ihnen in einer Klasse unterrichtet werden.

Jean Baptiste hatte noch einen Einfall. Er wollte die Eindringlinge verwirren. Der Lautstärke nach blieben ihm noch etwa zwei Minuten, ehe die Hutu-Power das Haus erreicht haben würde. Der Weg machte eine kleine Biegung in eine schmale Senke hinab. Dort mussten sie nun sein, denn der Lärm wurde dumpfer und leiser.

Jean Baptiste riss alles aus den Schränken was er fand und was sich herunterreißen oder umwerfen ließ, ohne allzu großen Lärm zu verursachen. So sah die Küche anschließend aus wie in einem Schlachtfeld und im großen Wohnraum wurden ebenfalls Stühle umgeworfen und Dinge auf den Boden geschmissen. Dann öffnete Jean Baptiste die Haustüre weit. Er selbst lief seitlich am Haus vorbei. Dort stand in knapp fünfzehn Metern Entfernung die Latrine. Eine Entfernung, die er bei Regen und in der Nacht gehasst hatte, die ihm nun aber das Leben retten konnte. Wenn er Pech hatte, war es aber auch seine todbringende Falle. Die Seite, wo die Latrine stand, war durch das Haus sichtgeschützt. Er schloss die Türe nicht ab, zog sie aber hinter sich zu. Dann kauerte er sich in ein Eck und warf den Sack mit den Lebensmitteln vor sich auf den Boden. Nur so war garantiert, dass man auch durch die wenigen Spalten zwischen den Holzlatten nicht sofort erkennen konnte, dass ein Mensch in der Latrine war.

Er selbst spähte aufmerksam durch genau diese Spalten. Er fühlte erneut einen Würgereiz, weil er an Theogene denken musste und zudem mit dem Kopf allzu nahe am Loch in der Mitte des kleinen Raumes saß. Er hatte nichts mehr, mit dem er diese Öffnung abdecken hätte können. Es blieb in diesem Augenblick aber auch keine Zeit, darüber nachzudenken.

Er sah die Milizen. Diesmal waren es gut zehn Männer. Etwa die Hälfte von ihnen trug bunte Hemden. Einer von ihnen, er trug eine Sonnenbrille und wirkte als wäre er betrunken, stellte das Transistorradio ab. Die Musik spielte unbeirrbar fort, als die Männer sich auf den Weg in das Haus machten. *Wo bist du, du Dreckskerl!* riefen sie und nannten Papas Namen. Auch nach Jean Baptiste riefen sie mehrfach. Es waren Jungen aus seiner Schule dabei.

Sie alle verschwanden im Inneren des Hauses. Dann kamen drei wieder heraus. Sie standen nun hinter dem Haus auf der Veranda und starrten in Richtung Bananenplantage und Wald. *Hier war schon jemand am Werk,* sagte der eine. *Aber wer?* hakte der andere nach. *Keine Ahnung, aber er hat sich auf jeden Fall im Haus schon umgesehen,* fügte der Dritte an. Sie liefen zurück ins Haus. Dort hörte Jean Baptiste sie schreien. Es hörte sich an als sei zwischen den Männern ein Streit entbrannt. Erneut kamen zwei heraus. Jean Baptiste schloss die Augen als er sah wie einer von ihnen in seine Richtung ging. Er betete. *Herr, lass sie gehen! Lass sie gehen! Herr, ich will immerfort dein Diener sein, Herr, lass sie mich nicht finden.* Es vergingen vielleicht fünf lange Sekunden, die Tür zur Latrine war noch nicht aufgerissen worden, er spürte noch, dass er lebte. Aber er hielt den Atem an und machte sich unter dem Sack mit den Vorräten noch kleiner.

Soll ich in der Latrine nachsehen? fragte der Mann, der nun fast vor dem kleinen gemauerten Verschlag stehen musste.

Es fängt wieder an zu regnen, lass uns weiter. Oben auf dem Hügel sind noch zwei Häuser. Außerdem fängt Imana gerade im Haus an, seine Arbeit zu beenden.

Was auch immer das hieß, es war Jean Baptiste egal. Er spürte, dass der Tod vor der Tür aus Brettern stand und dass seine Chance, nicht entdeckt zu werden, steigen würde, wenn dieser Kerl nun tatsächlich Kehrt machte. Es hatte wirklich wieder zu regnen begonnen. Und dieser Regen war ein Segen Gottes. Noch nie hatte er sich so über Regen gefreut. Der Himmel hatte wieder alle Schleusen geöffnet und ließ dicke

Tropfen auf die Erde fallen. *Wir hauen ab!* schrie nun eine andere Stimme vom Haus her und Jean Baptiste hörte die schweren Schritte vor der Latrine in den nun weich werdenden Boden stapfen. In diesem Moment wurde ihm bewusst, dass auch er Spuren im Matsch hatte hinterlassen müssen. Zwar hatte es ein paar Stunden nicht geregnet, aber der Regen am Vormittag und am Vortag hatte den Boden aufgeweicht. Der Hutu, der zur Latrine hatte sehen wollen, hatte die Spuren aber scheinbar nicht wahrgenommen. Er verschwand. Es dauerte eine Weile und Jean Baptiste hörte wie die Meute wieder abzog. Singend und grölend wie zuvor. Nun mischte sich ein weiteres Geräusch zu dem Johlen und Stampfen. Es war zuerst und unter dem Sack kaum auszumachen, zudem klatschten unaufhörlich schwere Regentropfen auf den Boden. Es war ein Knistern, das Jean Baptiste da vernahm. Ein Surren und Knacken.

Er harrte aus. Eine halbe Stunde gewiss. Er traute sich nicht hervor. Hatte er wirklich überlebt? War er vorerst entkommen? Nach einer weiteren Ewigkeit des lähmenden Wartens voller Angst und Sorge um sein Leben und das seiner Familie - all diese Gedanken schossen ihm nun wild durch den Kopf - zog er allmählich und langsam den Sack vom Kopf und wagte einen Blick durch den Spalt zwischen den Brettern. Aus einem der Fenster drang dicker Qualm. Das

Knistern war das Geräusch des gelegten Brandes. Der Hutu, den sie Imana gerufen hatten, hatte wohl im Inneren des Hauses Benzin verschüttet und ein Feuer gelegt.

Jean Baptiste sortierte seine schmerzenden Knochen. Eine Ewigkeit hatte er zusammengekauert da gesessen und sich nicht gerührt. Nun musste er sich erst einmal sammeln. Der starke Regen hatte wieder aufgehört, aber es tröpfelte noch immer ein wenig. Er starrte auf das Haus. Löschen würde er es nicht können. Er hatte keine Behältnisse außer seinem Wasserbehälter, der vielleicht etwas mehr als fünf Liter fasste. Außerdem hatte er Angst, dass er doch noch entdeckt würde, wenn er vom Brunnen zum Haus hetzte um die Flammen zu löschen. Es wäre ein aussichtsloser Kampf. Er vermutete, dass der starke Regen ein komplettes Niederbrennen des Gebäudes ohnehin verhindern würde und man nach dem ganzen Wahnsinn im Inneren wieder neu aufbauen konnte, was da nun zerstört wurde.

Es war mittlerweile dunkel geworden. Der bewölkte Himmel verdeckte zudem den Mond vollständig. Lediglich etwas Licht war vorhanden und auf dieses Licht, so dachte Jean Baptiste bei sich, hätte er gerne verzichtet, denn es stammte von den glimmenden Flammen aus dem Innenraum seines Elternhauses. Er wischte sich nun eine Träne aus den Augen und kehrte zurück in die Latrine. Dort aber überdecke er das Loch mit einem Stück Holz, das er unter einer Bananenstaude fand.

Jean Baptiste nahm einen kräftigen Schluck aus der Wasserflasche, aß eine halb reife Banane und fiel alsbald in einen seichten Schlaf, aus dem er immer wieder fröstelnd empor schreckte. Da flirrten diese hässlichen Bilder durch seine Gedankenwelt. Das Knistern des Feuers im Inneren seines Elternhauses. Dieses dumpfe Geräusch, als sie Theogene aus dem Leben gerissen hatten. Der dreckige Morast vor der Latrine, der ihn fast verraten hätte. Immer wieder fragte er sich im Halbschlaf, warum dieser Hutu Halt machte und ihn verschonte. Jean Baptiste hatte keine fünf Schritte von ihm entfernt unter einem Sack gelegen, zitternd und verängstigt. In der Einsamkeit und der Kälte der Nacht überkam Jean Baptiste die Angst, sie könnten zurückkommen. In einem vagen Traum riss einer im bunten Hemd die Türe zur Latrine auf, rief den anderen zu, er habe eine Kakerlake entdeckt. Sie habe sich dort versteckt, wo man Kakerlaken nun mal vorfinden würde: in der Latrine. Dann fühlte Jean Baptiste im Traum wie eine Machete mit Schwung auf ihn herabeilend sich ein letztes Mal senkte. Er hob den Kopf und spürte, dass der pochende Herzschlag das einzig reelle an diesem Traum war. Dann schlief er wieder ein.

XV

Der Herzschlag wurde schneller. Kagabo spürte, wie die Truhe der Erinnerung sich mit einem Mal ganz weit öffnete und er tief in ihr Inneres blicken konnte.

Es war der Ort, an dem sein Elternhaus gestanden hatte. Er erkannte den kleinen freien Platz, auf dem der Vater das Vieh hatte weiden lassen, wenn es nicht auf dem Hügel sein konnte. Kagabo erkannte auch den kleinen Hain aus Bananenstauden wieder. Welch Ironie des Schicksals... Die Bananen hatten den Genozid überstanden, das Haus nicht.

Dort, wo das Haus seiner Kindheit stand, befand sich heute wieder ein Gebäude. Es war offensichtlich etwas größer, aber ähnlich gebaut.

Kagabo roch den Geruch des Moders wieder. Er spürte das schlürfende Geräusch, wenn die Füße im Matsch steckten und man sie sanft heraufzog. Nach heftigen Regenfällen war der Weg den Hügel hinab die reinste Schlammpiste gewesen. Und da, wo man einst eine Latrine fand, befand sich nun die neue, breite Veranda.

Kagabo drehte sich im Kreis. Auf dieser Seite, da hinter dem Haus, ging es den Weg hinauf. Und da! Auf der anderen Seite, da ging es zu Grandpère Vedastes und Grandmère Valéries Hügel. Er wollte den gelben Trinkbehälter und das Bündel mit den Schulsachen abwerfen und losrennen. Wie damals als kleiner Junge.

Sie alle hatten ihn gerufen. Am Ufer des Kivu. Almuth hatte ihn anfangs nicht genau verstanden, aber sie hatte ihren Mann ziehen lassen. In genau diesem Moment hätte er seine geliebte Frau so gebraucht.

Gregoire, der spürte, dass Kagabo von einem heftigen Gefühlsausbruch gebeutelt wurde, fasste ihn an der Schulter. *Du hast den Platz deiner Kindheit wieder gefunden*, sagte Gregoire leise und verständnisvoll. Auch Christine war nun näher gekommen. Sie stellte sich einfach schweigend neben ihren Mann und wartete, bis Kagabo die ersten Eindrücke verarbeitet hatte.

Der sah durch das ganze saftige Grün wie durch eine Wand in die eigene Vergangenheit. Die Spiele mit den anderen Kindern im Wald. Er hörte wieder und wieder die Stimmen der anderen beim morgendlichen Gang zur Schule. Die Gesänge, das Lachen. Er roch den Geruch in den Zimmern des Hauses. Kagabo hörte das Klappern des Geschirrs, wenn

189

Maman zu Hause kochte. Er fühlte ihre Hand auf seiner Schulter, auch wenn es nun die seines Begleiters Gregoire war. Er hatte das Gefühl, sie waren hier. Der große Bruder, der dem Vater sooft geholfen hatte, das Vieh zu hüten. Die Nachbarn, die zusammengekommen waren, wenn es darum ging, zu ernten, was der Hügel preisgab. Grandpère Vedaste, wenn er als einer der Dorfältesten eine Gacacca einberief.

Sein Blick fiel auf das Haus. *Wer wohnt hier heute?* wollte er wissen. Gregoire wusste es nicht und Christine meinte, es wären Bauern aus dem Nachbarhügel, die nach dem Genozid eine neue Heimat gesucht hatten.

Sie klopften an. Eine Weile passierte nichts. Dann öffnete eine junge Frau die Türe. Sie trug einen weiten, gelben Pullover und ein buntes Tuch auf dem Kopf gebunden. Ihr Mund öffnete sich zu einem breiten Lachen, offen und freundlich. In ihrem Arm hielt sie ein kleines Kind. Gregoire erklärte das Anliegen und die junge Frau bat die drei Gäste ins Innere.

Dort rief sie nach ihrem Mann. Der hatte außerhalb des Hauses zwischen den Bananenstauden seine Arbeit verrichtet. Er kam zur Veranda herauf und schüttelte den fremden Gästen die Hand. Er stellte sich vor. Sein Name war Gilbert und er war ein einfacher Bauer. Seine Frau hieß Laétitia. Kagabo vermied zu fragen, ob sie Hutu oder Tutsi waren, denn dies spielte nun keine Rolle mehr.

Sehr behutsam wollte er das Thema seines Besuchs angehen. Er hatte gemerkt, wie verängstigt zuvor die Twa-Frau gewesen war, als Kagabo das Haus des Nachbarn entdeckt hatte. Er wollte niemandem etwas wegnehmen. Er wollte etwas wiederhaben und das bekam er gerade. Wie ein heller Lichtstrahl die Gedankenkiste durchfuhr und erleuchtete, so war dieser Besuch für ihn eine wahre Erhellung.

Ich bin hierher gekommen, weil genau hier einst das Haus meiner Familie stand. Wir haben hier zu viert gelebt. Mein Bruder Jean Baptiste, meine Eltern und ich. Sie sind alle damals umgekommen.

Wart ihr in Bisesero auf dem Hügel? fragte Gilbert.

Kagabo nickte. *Ich habe über so lange Jahre einfach alles verdrängt. Eine schwarze, schwere Wand hat sich auf meine Erinnerungen gelegt. Ich wusste wirklich nicht mehr, was geschehen war. Mir fehlten ganze Wochen meines Lebens. Als hätte ich in einem tiefen Rausch einen üblen Filmriss erlitten. Langsam scheint das Wissen wiederzukehren.*

Du warst damals aber auch noch jung, sagte Laétitia zustimmend.

Ich vermute, ich bin etwas älter als ihr. Ich war acht damals.

191

Gilbert nickte. Er selbst, sagte er, sei ein Jahr gewesen und seine Frau kam erst zwei Jahre nach dem Völkermord auf die Welt. Sie konnten sich an nichts mehr erinnern. Es sei das Haus seiner Eltern, das er heute bewohne.

Kagabo spürte, dass ihn diese Aussage irgendwie schmerzte, denn dieser Fleck Erde war seine Kindheit, das Zuhause seiner Familie und nun war da jemand, der genau das gleiche für sich in Anspruch nahm.

Rasch aber merkte er, dass es richtig war, was der junge Mann sagte. Dieses Fleckchen Erde, dieser Hügel in Gishyita war Heimat vieler Generationen gewesen. Ihrer aller Vorväter hatten auf den Feldern Früchte angebaut. Nur, dass zwei aus derselben Generation davon sprechen konnten, dass es der Ort ihrer Eltern war, das war etwas Ungewöhnliches.

Erzähl mir mehr von hier, forderte Kagabo den jungen Mann auf, der sich gesetzt hatte und liebevoll mit seinem kleinen Sohn zu spielen begann. Auch seine Frau Laétitia nahm nun Platz.

Die Eltern waren nach dem Völkermord aus Kigali geflohen. Sie war Tutsi, er Hutu. Eine gemischte Familie. In der Stadt gab es zu dieser Zeit vor allem zwei Dinge im Überfluss: Chaos und Verunsicherung. Der Vater wollte die Familie aufs Land bringen, auf einen Hügel in Gishyita. Dort am Kivu lebten Verwandte seiner Frau. Nach der Eroberung Kigalis durch die Tutsi-Rebellen und dem Ende der Übergriffe auf die Tutsi war Ruanda im Wandel und Umbruch begriffen. Gilberts Vater machte sich also mit seiner Familie zu Fuß auf den Weg in den Westen des Landes. Drei Kinder. Der Kleinste, Gilbert, gerade etwas über ein Jahr alt. Sie trugen ihn abwechselnd. Auch seine zwei älteren Schwestern mussten tragen helfen. Etwas Hausrat, einige Vorräte.

Am Kivu angekommen, empfingen sie die Verwandten von Gilberts Vater nicht gerade mit offenen Armen. Man half, so gut es ging. Aber in einem Land, wo niemand etwas besaß, wo Äcker und Felder brachlagen, weil man mit Morden oder Flucht beschäftigt war, gab es nichts zu essen und keine Perspektive.

Gilberts Eltern hatten kein Dach mehr über dem Kopf. Sie hatten gehofft, dass es auf dem Land leichter wäre, zur Normalität zurückzufinden als im Moloch Kigali, wo alles aus den Fugen geraten war. Man besprach die Situation mit den Dorfältesten und anderen Leuten in Gishyita. Irgendwann wurden Entscheidungen getroffen. So viele Menschen waren tot.

Ihr Land musste wieder bestellt werden. Ihre Häuser standen leer. Mussten wieder hergerichtet werden. Gilberts Vater bekam ein Stückchen Land zugewiesen. Es war der Hügel und das Haus von Kagabos Familie. Sie fanden dort ein bis auf die Grundmauern ausgebranntes kleines Haus vor. Eine Latrine auf dem Hof, die dem Feuer standgehalten hatte. Eine kleine Mauer, die die Veranda des Hauses vom Grün des Grundes trennte. Dahinter ein matschiger Platz, der unschwer als Weidefläche erkennbar war. Gilberts Vater aber wusste nicht, wo genau die Kühe der Vorbesitzer waren. Eine kleine Bananenplantage aus zehn, zwölf Stauden. Dahinter das Dickicht des Waldes.

Die Familie baute auf den Grundmauern des abgefackelten Gebäudes ein neues Haus auf. Erst nur ein sehr kleines, das man dann aber ein paar Jahre später noch einmal erweiterte. Die älteste Schwester durfte zur Schule gehen. Die Äcker im Tal des Hügels und die Terrassen den Hügel hinauf bestellten sie zusammen mit Nachbarn und ihren Verwandten. Gilberts Mutter starb als er sechs war. Ihm fehlten die Erinnerungen an sie. Zu lange sei das alles her, meinte er.

Schule in Gishyita. Es muss derselbe Weg gewesen sein, den Kagabo Tag für Tag wählte. Durch das grüne Dickicht. Zusammen mit Freunden und den Nachbarskindern. Immer lachend, auf Entdeckungstour. Nur, dass nach dem Völkermord erst einmal überall im Land Misstrauen und Sorge herrschten und nur langsam einem vorsichtigen Optimismus wichen.

Ich denke, du wirst es in Kigali gemerkt haben, da ist Ruanda wirklich voran gekommen. Hier auf dem Land ist noch viel zu tun, sagte Laéticia.

Nun musste Kagabo von seiner Kindheit erzählen. Gilbert und seine Frau wollten alles wissen. Auch Christine und Gregoire waren mittlerweile neugierig auf seine Geschichte geworden.

Ich habe so vieles verdrängt. Es sind Bruchstücke, an die ich mich entsinne. Alle stammen sie von einer Zeit vor dem Genozid. Es war eine friedvolle Kindheit hier auf dem Hügel. Wir hatten ein für unsere Verhältnisse großes Haus. Jedenfalls groß genug für vier. Mein Vater hatte Kühe und wir mussten nicht Hunger leiden. Jean Baptiste, mein Bruder, und ich, wir liefen oft zu den Großeltern. Einmal durch den dichten Wald, das Tal hinab. Wenn wir keine Arbeit zu erledigen hatten und nicht zur Schule mussten, durften wir mit Freunden sogar an den Kivu gehen. Wir begleiteten manchmal die Frauen aus dem Dorf, wenn sie auf den Markt nach Kibuye fuhren. Jetzt, so viele Jahre später, ist es für mich gar nicht mehr vorstellbar, dass meine Mutter mich all den Weg nach Kibuye hat alleine mit Jean Baptiste fahren lassen. Wir saßen dann mit den Frauen und anderen Kindern auf der La-

defläche eines Lastwagen, der Bananen, Maniokwurzeln oder Tee geladen hatte. Zwischen uns hüpften Hühner umher. Es waren herrliche Ausflüge. Mittags bekamen wir immer etwas von den Marktfrauen zu essen, dafür halfen wir beim Tragen der Waren. Dann gingen wir an den See, sprangen im seichten Wasser herum. Ich erinnere mich nun wieder an diesen Geruch. Es war ein besonderer Geruch da unten am Seeufer. Irgendwie muffig, aber doch frisch. Die Männer fuhren mit Booten raus und fischten. Die Frauen aus unserem Dorf brachten dann getrockneten Fisch mit zurück auf die Hügel. Wir durften auch etwas behalten, wenn wir wieder beim Tragen und Beladen des Lasters halfen.

Sonntags gingen wir in die Kirche. Es war eine kleine Kirche aus Backstein. Der Vorplatz war staubig. Die Familien aus Gishyita trafen sich schon vor der Messe auf diesem Platz. Oft hatten die Frauen ihre schönsten Kleider angezogen und die Männer trugen Anzüge. Jedenfalls habe ich daran Erinnerungen. Sicherlich waren dies die besonderen Feiertage. Ich weiß, dass in der Kirche immer viel gesungen wurde und eine sehr heitere Feierstimmung herrschte. Heute weiß ich, dass die Kirchen in unserem Land eine traurige Rolle gespielt haben in der Zeit des Völkermords. Etwas, das ich nicht akzeptieren kann. Ich habe den Glauben an Gott daran ein Stück weit verloren.

Gilbert und Laéticia zuckten fast ein wenig zusammen. Der Glaube an Gott spielte im Leben der

Menschen in Ruanda eine zentrale Rolle. Das christliche Leben war fester Bestandteil des Alltags. Eine von Rationalität geprägte Haltung, die nicht auf Religiosität oder Spiritualität basierte, das war den Menschen hier auf dem Lande fremd. Kagabo hatte in Deutschland wenig Bezug zur Kirche, auch wenn Yves und Mutesi ab und an sonntags in die Kirche gegangen waren. Sein Medizinstudium hatte ihn zudem mehr und mehr zu einem Menschen gemacht, der sich mit der Religion eher abstrakt befasste. Und spätestens nach der Hochzeit mit seiner Almuth, die keinerlei Bezug zur Religion hatte, spielte auch für Kagabo Kirche keine Rolle mehr. Nur der Glaube an die Ahnen, der war ihm geblieben.

Aber ich fühle noch heute, dass das Feiern in der Kirche uns alle als Kinder in Hochstimmung versetzt hatte und der Geruch von Weihrauch ist für mich bis heute etwas Wunderbares.

Wenn wir durch den Wald in die Schule gelaufen sind, haben wir unterschiedliche Spiele gespielt. Wir hatten uns hinter den riesigen Blättern der Sträucher versteckt. Sprangen in den kleinen Bächen herum. Es muss unbeschwert gewesen sein. An meine Lehrer erinnere ich mich nun auch wieder klar. Ich bin aber nur zwei Jahre in Ruanda auf die Schule gegangen, sodass ich nicht sagen kann, wie es geworden wäre, wenn ich hätten bleiben dürfen. Es waren liebevolle Lehrer. Nur irgendwas muss es gegeben haben, denn ganz tief in meinem Gedächtnis habe ich eine düstere Erinnerung an einen Vorfall. Ich muss damals zu Hause bittere Tränen geweint haben. Es hatte etwas mit den anderen zu tun. Aber ich kann mich nicht mehr genau erinnern. Doch... Jetzt... Die Erinnerung kam zurück.

Es war in dem Jahr als das Morden stattfand. Der Direktor hatte uns Tutsi mitgeteilt, dass wir nicht mehr kommen dürften. Ich weiß nicht mehr, ob er einer von den Milizen war oder uns schützen wollte. Aber ich erinnere mich, dass es eine bittere Erfahrung für den kleinen Kagabo war, dass er plötzlich nicht mehr zur Schule gehen sollte. Nicht, weil er zu Hause auf dem Feld gebraucht wurde und auch nicht, weil er frech gewesen wäre oder zu schlechte Noten geschrieben hätte. Sondern nur, weil er Tutsi war. Es ist unglaublich, wie auf einmal all diese Ereignisse wieder zutage treten. Ich hatte alles solange verdrängt. Die schwere Mauer des Vergessens hatte sich fest auf die Erinnerungen gelegt, dass sie komplett verschwunden schienen. Und nun, nur an diesem einen Tag, kehrt so vieles wieder zurück.

XVI

Kühl war der Morgen und schon wieder regnete es stark. Jean Baptiste wurde von Brandgeruch geweckt. Nur unweit der Latrine loderte die Glut im Haus noch immer. Der Regen hatte es nicht vermocht, das Haus zu retten. Es war ihm ein Rätsel wie er unweit dieser Flammen hatte überhaupt Schlaf finden können. Es musste daran gelegen haben, dass derjenige, der sein Elternhaus vernichten wollte, nur halbe Arbeit geleistet hatte. Die Mauern und Teile des Dachs standen noch. Es knisterte vor allem im Wohnbereich.

Jean Baptiste wusste, er konnte hier nichts mehr ausrichten. Er musste zurück auf den Hügel von Bisesero. Man würde dort bereits auf die Rückkehr der Männer warten. Und wenigstens einer, Theogene, würde fehlen. Es breitete sich ein schmerzhafter Stich in Jean Baptistes Seele aus, als er an dieses Bild dachte. Er konnte es nicht abschütteln, es begleitete ihn wie ein hässlicher Dämon.

Er stand auf, richtete sein T-Shirt und die Hose. Noch immer trug er Theogenes Sachen. Der Rücken, das Knie und die Arme schmerzten. Er musste angespannt und verkrampft in der Ecke der Latrine gelegen haben. Langsam öffnete er die Türe des kleinen Holzhäuschens. Nur einen Spalt. Es stank. Er selbst musste den modernden Gestank der Kloake bereits angenommen haben, befürchtete er.

Er trat vorsichtig vor den Bretterverschlag, wagte einige Blicke in alle Richtungen, packte dann seine Sachen zusammen, die bereits zurecht gelegt waren und lief so rasch er konnte in den dichten Wald. Nicht einen Blick warf er zurück auf das Haus. Sie würden wiederkommen und ersetzen, was verbrannt und wieder aufbauen, was nicht mehr zu benutzen war. Aber dazu mussten sie ihr Leben retten. Auf dem Hügel in Bisesero konnte das gelingen, denn dort waren sie alle beisammen. Er, Papa, Maman, der kleine Bruder Kagabo und die anderen Tutsi aus der Umgebung. Plötzlich empfand Jean Baptiste einen inneren starken Zusammenhalt bei den Tutsi, obwohl sie früher nie so eng in diesen Kategorien gedacht hatten. Seine Kumpel, das waren früher Hutu und Tutsi. Er wunderte sich während er behutsam Schritt vor Schritt setzte, dass er genau zu einem Zeitpunkt, wo er allein ohne jede Unterstützung und auf sich gestellt durch den Wald marschierte, diese seltsamen Gedanken von einer Tutsi-Gemeinschaft hatte. Es trieb ihn an, zu wissen, dass man ihn erwartete. Die großen Blätter der Farne schlugen feucht in sein Gesicht. Er mühte sich die rechte Mischung aus raschem Gehen und ausreichender Vorsicht zu finden. Er wollte nicht ausrutschen oder über eine Wurzel stolpern und sich am Ende noch verletzen.

Es war bereits Nachmittag als er den Hügel von Bisesero erkannte. Dort mussten viele weitere Tutsi angekommen sein, denn überall durch das Dickicht des Waldes sah man bunte Gewänder und hörte Stimmen von Menschen. Inzwischen hatte der Regen aufgehört und es war wieder warm geworden. Es fühlte sich gut an, dass die Kleidung langsam wieder trocknete.

Bald waren Maman und Papa ausfindig gemacht. Kagabo spielte mit ein paar anderen Kindern abseits. Die Eltern wollten nicht, dass die Kinder ausschließlich an das Morden und Töten erinnert würden. Es reichte, wenn die Erwachsenen und Halbstarken sich Augenblick um Augenblick damit auseinandersetzen mussten. Maman weinte ein paar Tränen. Sie nahm ihren Sohn fest in den Arm. Auch Papa hatte feuchte Augen. Jean Baptiste spürte, dass sie entweder schon wussten, dass Theogene nicht wiederkommen würde oder dass andere auch umgekommen waren. Er sah es in Mamans angstvollen Augen und erkannte es an Papas Trauer in der Stimme.

Der alte Mann wartete bereits. Von ihm erfuhr Jean Baptiste, dass drei der Männer nicht mehr zurückkehren würden und zwei noch fehlten. Die drei anderen, die es bereits auf den Hügel von Bisesero geschafft hatten, berichteten von ihren Schreckenserfahrungen des Vortages. Überall herrschte die gleiche Verzweiflung.

Sie saßen den Tag über herum, hörten die Nachrichten in einem Transistorradio und überlegten. Immer wieder kreisten die Gedanken um diese eine einzige Frage: *Wie können wir das überleben?*

Der Sender *Milles Collines* berichtete nur über die schlimmen Taten der Tutsi-Rebellen, die von Norden her in Ruanda einfielen. Diese Rebellen aber waren für die Menschen hier auf dem Hügel von Bisesero ein Hoffnungsschimmer. Würden sie doch endlich kommen und den Hügel einnehmen!

Frauen begannen an einer Feuerstelle zu kochen. Es gab nicht viel. Die Männer, die aus dem Dorf zurückgekehrt waren, hatten nur wenige Vorräte bei sich. Den ganzen Tag über strömten immer wieder Tutsi auf den Hügel. Sie kamen aus den umliegenden Hügeln herauf, denn sie hatten gehört und gehofft, dass man auf in Bisesero bessere Chancen haben würde, zu überleben. Man vertraute dem Rat des alten Mannes und seiner Freunde.

Der Alte aber ahnte, dass sie alle nur dann eine Chance hatten, wenn die Tutsi-Rebellen bald kommen würden, sie zu befreien oder das Ausland helfen würde.

Er hatte von den Truppen der Vereinten Nationen gehört. Sie waren schon eine Weile im Land. Aber er wusste auch, dass es zu wenige waren, um sie zu befreien. Der Alte vermutete, dass überall in ganz Ruanda Tutsi auf Hügeln saßen und sich vor den Hutu-Rebellen versteckten, die zusammen mit einfachen Leuten, dem Militär und den Milizen durchs Land zogen.

Nachts zogen sich die Familien unter Decken und Planen zurück. Auf dem Hügel von Bisesero hatte sich mittlerweile eine Lagerstatt entwickelt, die auch den Hutu-Kämpfern nicht entgangen sein konnte. Zahlreiche Männer übernahmen daher die Nachtwache. Jean Baptiste aber war diesmal zu müde. Er hatte auch nach seiner Rückkehr kaum etwas zu essen bekommen. Die Rationen waren für alle gleich karg. Es gab etwas gekochte Maniok-Wurzeln und eine Handvoll Reis.

Papa wollte wissen, was in Gishyita vorgefallen sei. Es fiel seinem Sohn aber sehr schwer, davon zu sprechen. Sollte er dem Vater, der ohnehin in großer Sorge war, noch zusätzlich den Schmerz bereiten, dass das Haus nicht mehr bewohnbar war? Er zögerte. Dann aber fasste er den Mut und sprach.

Papa, es ist so unmenschlich schlimm, dass ich kaum in der Lage bin, die richtigen Worte zu finden. Ich habe gesehen, wie sie Theogene getötet haben. Ich glaubte, einige von ihnen taten es mit Freude. Und auch bei unserem Haus waren sie. Aber ich habe sie bereits kommen hören. Sie waren laut und besoffen. Ich habe die Zimmer verwüstet, Möbel umgeworfen. Sie sollten denken, dass wir nicht mehr dort sind und schon andere Hutu ihr Unwesen in unserem Haus getrieben haben.

Jean Baptistes Vater nahm ihn fest in den Arm, wischte sich zaghaft eine Träne aus dem Auge und schämte sich fast, vor dem eigenen Sohn diese Schwäche gezeigt zu haben. *Das war sehr mutig von dir, Jean Baptiste,* sagte er und beide beobachteten den kleinen Bruder und Sohn. Kagabo lag auf einer Matte unter einer Decke und schlief fest. Auch Kagabo spürte, dass es hier um eine ernste Sache ging und fühlte ständig Angst und Sorge. Er fror. Er hatte Hunger. Das Spielen mit den anderen Kindern lenkte sie nur etwas ab und machte sie abends müde, aber es half nicht über die Besorgnis hinweg.

Wir haben kein Haus mehr, Papa! sagte Jean Baptiste dann. *Sie kamen und fanden mich nicht. Ich hatte mich in der Latrine verkrochen. Sie durchwühlten alles. Aber sie suchten nicht im Latrinenhäuschen. Noch bevor sie gingen zündeten sie das Haus an.*

Der Vater atmete tief ein, zog die kühle Luft der Nacht in seine Lungen, packte den Sohn noch fester an der Schulter und zog ihn zu sich heran. *Wenn wir das hier überleben, werden wir einen Weg finden, das Haus aufzubauen. Du hast überlebt und nur das ist wichtig. Maman ist fast gestorben den Tag über. Zu viele der Männer sind gestorben. Ich kann mir nicht ausmalen, was gewesen wäre, wenn sie dich wie Theogene getötet hätten.*

In der Ferne hörte man Schüsse. Sie alle schreckten auf und sahen sich um. Dann kehrte plötzlich wieder Ruhe ein auf dem Hügel. Die Menschen verfielen in sonderbare Apathie. Nur eine Frau weinte bitterlich. Es konnte die Mutter von Theogene sein oder die Frau eines anderen Mannes, eine Schwester, die ihren Bruder betrauerte. Fast ein jeder auf diesem Hügel konnte mittlerweile Tränen für einen Verwandten, Nachbarn oder Freund vergießen. *Dieses Land wird hart gestraft von Gott,* sagte Papa. *Und ich habe keine Ah-*

nung für was wir diese Strafe erhalten, aber ich habe nicht das Recht, dies zu hinterfragen, fügte er noch an. Jean Baptiste war sich nicht sicher, ob Papa ihn angesprochen hatte oder einfach in einer Art Zwiesprache mit Gott diesen Zweifel geäußert hatte. Er mischte sich nicht ein. Aber auch Jean Baptiste zweifelte. Warum waren Menschen, mit denen man vor einiger Zeit noch in gut nachbarschaftlicher Beziehung lebte, plötzlich in der Lage, die eigenen Freunde oder Nachbarn umzubringen? Warum ließ der liebe Gott dies zu?

*

Die Sonne schien kaum durch einen wolkenverhangenen Himmel, als zwei Tutsi-Männer aufgeregt auf das Plateau stürmten. Papa hatte bemerkt, dass dort Aufruhr herrschte und die Männer aufgebracht debattierten. Er weckte Jean Baptiste und die beiden liefen zu den anderen. Der Dorfälteste hatte sich auf einen Stock gestürzt und bat um Ruhe. Die beiden Männer, die aufgewühlt zu ihm gekommen waren, sollten ohne Störung sprechen können. Und was sie zu berichten hatten, machte wenig Hoffnung und Mut.

Sie kommen! presste der eine hervor.
Es sind viele, fügte der andere an.

Wie gestern und die Tage zuvor auch, sagte der erste. *Mit Äxten, Macheten und ihrem dreckigen Radio auf den Schultern,* ergänzte der zweite.

Er setzte sich auf einen Stein, legte die Hände in den Schoß und hielt einen kleinen Moment inne. Dann sprach der Alte. *Gott lehnt Gewalt ab, aber er wird uns verzeihen, wenn wir zu den Waffen greifen, um unser Leben, das unserer Frauen und Kinder zu verteidigen. Nehmt eure Äxte, Macheten und Gewehre. Lasst es aussehen, als hätten wir auf sie gewartet. Wie weit sind sie noch entfernt?* wollte er dann von den beiden Wachposten wissen.

Wir haben sie im Tal gesehen, man kann sie noch kaum hören. Es sind die Trommeln. Wir haben vielleicht eine knappe halbe Stunde Zeit bis sie den Weg hier her geschafft haben.

Erneut hielt der Alte still. Er senkte den Blick auf den Boden, drehte mit dem Stock Kreise im Sand und überlegte dabei. *Wir werden nicht genügend Waffen haben, sie in die Flucht zu schlagen. Wir müssten sie alle töten, um uns zu retten. Es gibt nur eine Chance. Lasst uns alle zusammen helfen. Frauen und Kinder, sie alle sind jetzt wichtig. Es muss schnell gehen. Wenn wir mit den Vorbereitungen fertig sind, sammelt alle Männer hinter der Kuppel. Dort, wo der Weg vom Tal heraufführt. Frauen und Kinder gehen auf*

das Plateau und verharren dort, bis wir in Sicherheit sind.
Möge Gott uns schützen.

Dann nahm er drei, vier andere ältere Männer
beiseite und erklärte ihnen seinen Plan.

Es dauerte tatsächlich über eine halbe Stunde
bis die Männer der Hutu-Milizen den Weg vom Tal
herauf geschafft hatten. Es hatte erneut zu regnen begonnen. Der letzte Anstieg war steil und der Weg war
matschig und rutschig geworden. Die Hutu trugen
Waffen. Äxte und Macheten. Es war nicht einfach auf
dem letzten schmalen Stück Weg die Balance zu bewahren. Sie schrieen ihre hässlichen Parolen in den
Himmel. Die Stimme im Radio feuerte die *guten Hutu*
im ganzen Land an, sie sollten nur nicht müde werden,
ihre Arbeit zu tun. Wer das Gleichgewicht halten konnte, ließ Machete oder Axt angstvoll durch die Luft sau-
sen. Sie fürchteten die Tutsi auf dem Hügel nicht.
Überall in der Region waren sie auf wehrlose Menschen gestoßen, die sich oftmals beinahe unterwürfig
in ihr Schicksal ergeben hatten. Es galt die Arbeit zu
verrichten, die einem aufgetragen worden war. Das
würde auch auf dem Hügel von Bisesero gelingen. Eine
Trommel gab den Rhythmus vor, das donnernde
Schreien klang bedrohlich und einschüchternd. Aber
sie hatten sich diesmal verkalkuliert. Auf der Anhöhe
empfingen sie zum Kampf bereite Tutsi. Dort standen

Männer, die ebenfalls bewaffnet waren und nicht den Anschein erweckten, sich bedingungslos in ihr Schicksal zu fügen. Es hallte ein Schuss durch den Himmel. Keiner konnte mehr sagen, ob es ein Schuss aus einem Gewehr der angreifenden Hutu war oder ob er von den Tutsi stammte. Die Milizen erweckten aber nicht den Eindruck als ließen sie sich einschüchtern. Schritt für Schritt kamen sie näher, erklommen den steilen Pfad und riefen dazu ihre Todesverse durch den Regen.

Der Dorfälteste hatte sich ganz an die Wegkante gestellt. Er überblickte den Weg nun bis zu den Angreifern. Es trennten sie noch etwa dreißig Meter. Man hätte vermuten wollen, dass die Hutu-Power nun zu laufen begonnen hätte. Aber der Matsch war zu tief, der Weg zu sehr aufgeweicht, als dass die Milizen fortgekommen wären. Sie blieben förmlich im Schlamm stecken. Der Dorfälteste spürte, dass der Regen die Rettung so vieler Tutsi bedeuten konnte. Dennoch kamen die Angreifer langsam auf die Menschenmenge zu. Sie wussten, dass auf dem Hügel von Bisesero zahllose Tutsi-Familien Zuflucht gefunden hatten.

Nur ein paar Augenblicke später wandte sich der Alte ab. Er ging hinter die Tutsi-Männer zurück, die sich gegen die Angreifer aufgebaut hatten. Es waren ungleich weniger Waffen vorhanden. Die Hutu erkannten sofort, dass sie die wenigen Äxte und Macheten nicht fürchten brauchten.

Die ersten der Hutu-Milizen starteten den Versuch eines Angriffs. Sie rannten auf die Tutsi zu. Dann wandten sich die Tutsi-Männer beiseite und öffneten den Weg. Ein Durchgang entstand und die Hutu-Angreifer waren für einen Moment verwirrt. Für kurze Zeit sah es so aus, als würden die Tutsi Spalier stehen für ihre eigenen Mörder. Nach nur wenigen Augenblicken aber prasselte eine Welle der Verteidigung auf die Hutu-Milizen nieder, die vielen von ihnen sofort das Gleichgewicht kostete und sie im Schlamm niedersanken. Einige schrien vor Schmerz, andere aus Wut. Noch immer schienen viele sich nicht von der letzten durchzechten Nacht erholt zu haben. Einzelne Angreifer taumelten. Eine erneute Welle der Verteidigung prasselte auf die Hutu ein. Dazu ertönte nun grässliches Geschrei der Tutsi. Sie erkannten, dass ihre Strategie aufzugehen schien. In den gellenden Schreien entlud sich auch ihre Angst. Die älteren Männer, Frauen und Kinder, aber auch diejenigen, die sich nicht getraut hatten, bis zur Kuppe zu gehen, sanken auf dem Plateau noch tiefer in sich zusammen. Sie konnten nicht ahnen, dass das Schreien Erfolg bedeutete, dass man die angreifenden Hutu in die Flucht schlagen konnte. Aber sie hörten noch einmal das dumpfe Prasseln der Steine und dann Ruhe. Nur mehr ein paar

Hutu-Kämpfer waren zu hören. Jean Baptiste hielt sich die Ohren zu. Es waren grässliche Schreie. Schmerz. Der Dorfälteste sah, dass die Hutu-Power auf dem Rückzug war. Zahlreiche Verletzte wurden auf den Schultern getragen und gestützt. Auf den ersten Blick blieb niemand zurück. Er zog sich mit den anderen Männern auf das Plateau zurück. Zehn Tutsi blieben an der Stelle zurück, wo der Weg vom Tal her auf das Plateau traf. Sie sollten überwachen, ob die Angreifer noch einmal zurückkehrten.

Es war nur ein kleiner Sieg, meine Freunde, sagte er müde.

Sie werden wiederkommen. Dann werden es mehr sein und sie werden sich die Unterstützung des Militärs holen. Dann haben wir keine Chance mehr, sie mit ein paar Steinen zu vertreiben. Es hat funktioniert, sie mit hunderten Steinen zu attackieren. Aber es hat nur dieses eine Mal funktioniert. Sie haben ihren Angriff blutig bezahlt. Aber wie ein angeschossenes, wildes Tier werden sie nun noch aggressiver sein und uns verfolgen. Solange bis sie den letzten Tutsi aus dem Weg geräumt haben. Wir alle können nur beten, dass die Tutsi-Armee aus dem Norden bald den Weg auch an den Kivu schafft und uns befreit.

XVII

Wärmflaschen im Bett. Das hatte Kagabo lange nicht erlebt. Die Haushälterin von Christine und Gregoire hatte ihm das Gästezimmer bereitet.

Nach dem langen Gespräch mit den neuen Besitzern seines Elternhauses, wäre es für die Rückfahrt zu spät geworden. Armand und Filonne waren bereits wieder nach Hause gefahren. Sie hatten sich liebevoll um alles gekümmert. Christine war sehr einverstanden, den jungen Mann über Nacht bei sich im Haus zu haben. Sie würden ihm noch viele Geschichten über das Leben in Deutschland aus der Nase ziehen. Am nächsten Tag, einem Samstag, wollte man sich dann zusammen mit Filonne und ihrem Mann in Kigali treffen. Armand hatte bereits in Kagabos Hotel angerufen und erklärt, dass der Gast an diesem Abend nicht mehr zurückkehren würde, man sich aber keine Sorgen zu machen brauchte.

Kagabo fiel müde in ein weiches, tiefes Bett. Langsam und bedächtig wählte er Almuths Nummer. Es dauerte lange, bis eine Verbindung zustande kam. Sie sprach leise, Julian schlief bereits.

Ich habe das Haus meiner Eltern gefunden. Heute leben einfache Leute dort. Es wurde neu aufgebaut. Die Erinnerungen an früher kehren zurück, Schatz. Jede Stunde, die ich in diesem Land verbringe, bringt mir einen ganzen Schatz aus der Kiste meiner Erinnerungen zurück.

Ist es ein wertvoller Schatz, den du da erhältst? fragte Almuth ein wenig besorgt nach.

Zugegeben, manche der Erinnerungen schmerzen arg. Und ich habe mit keinem bislang wirklich über die letzten Tage des Völkermords gesprochen. Nicht im Detail. Wir haben uns das Haus angesehen. Ich habe auch das Haus unserer Nachbarn gefunden. An ihm wurde in all den Jahren fast nichts verändert. Dort lebt heute eine sehr arme Twa-Familie. Sie haben mir gezeigt, wo sie ihr Bananenbier brauen. Es ist nicht immer gut, die Vergangenheit ruhen zu lassen, Liebling.

Almuth am anderen Ende der Leitung schwieg für einen Moment. In ihr war wieder die Befürchtung aufgekommen, er könnte bleiben und Kagabo fühlte dies sofort.

Mach dir bitte keine Sorgen, ich werde bald nach München zurückkehren. Ihr seid meine Heimat geworden. Aber ich habe die Kraft in mir entdeckt, mich dem Verdrängten zu stellen. Und ich beginne zu spüren, dass meine Kindheit hier in diesem Land nicht nur schrecklich war. Ich rieche ab und an den Duft des Waldes und der riecht nach Freiheit. Ich

höre Geräusche in der Luft. Vögel, Insekten und den Wind.
Und auch das riecht nicht nur nach Tod und Zerstörung. Ich
hatte heute auf einmal ein sehr wohliges Gefühl wahrge-
nommen, als ich bei den Freunden von Filonne und Armand
zu Gast war. Sie haben mich so herzlich aufgenommen. Diese
Gastfreundschaft erinnerte mich auch wieder an früher. An
Maman. An Großmutter Valérie. Daran, dass wir früher
immer eine offene Tür hatten, wenn Gäste kamen.

Almuth spürte nun, dass ihrem Mann die Reise
sichtlich guttat und war wieder froh, dass sie ihn zu
dem Entschluss ermutigt hatte. Vielleicht würde er es
am Ende schaffen, das dunkle Loch aus dem hinters-
ten Winkel seiner Seele mit Licht zu füllen. Bereits bei
ihrem allerersten Date im Eiscafé war ihr diese schwer-
mütige, undurchdringliche Haltung aufgefallen.

Kagabo schlief bald nach dem Gespräch ein.

Maman und Papa standen wieder an den Ufern
des Kivu-Sees. Sie standen unbeweglich dort. Hielten
sich an den Händen, etwas das man in Ruanda eigentlich nicht kannte. Aber Maman und Papa taten es. Ihr
ältester Sohn stand bei ihnen. Dahinter stand Grandpère Vedaste. Er hatte seinen Hut vom Kopf genommen und hielt ihn andächtig vor dem Körper. Sie alle
blickten auf den Kivu hinaus und beobachteten ein
Fischerboot. Darin saß ein kleiner Junge, vielleicht

sieben, acht Jahre alt. Er sah zurück auf das Ufer, winkte mit der einen Hand und wischte sich mit der anderen eine Träne aus den Augen. Er hatte Staub in seinen krausen Haaren und wirkte wie der jämmerliche Schatten eines lebendigen, quirligen Jungen. Auf dem Boot war sonst niemand. Es entfernte sich langsam in die Mitte des Sees, der so groß war, dass man das andere Ufer nicht erkennen konnte. Immer weiter trieb der Wind das Fischerboot fort. Zwischen den beiden Sitzbalken im Boot stand eine Kiste. Sie sah genauso aus wie die Kiste, die Kagabo schon einmal gesehen hatte. Es war die Kiste, die er immer wieder - fast sein ganzes Leben lang gemieden hatte. Ein kräftiger Windstoß trieb das Boot noch schneller auf den offenen See hinaus und warf den Deckel der Kiste um. Der kleine Junge hielt sich nun die Hand vors Gesicht um dem Wind zu trotzen; drehte sich vom Ufer weg. Maman und Papa, Grandpère und Jean Baptiste verschwanden, wurden kleiner und kleiner. Jean Baptiste war ein kleiner flinker Punkt geworden, der am Ufer auf und ab rannte, das Boot nicht aus den Augen lassend. Dann waren sie verschwunden. Der Junge war alleine. Er begann zu weinen. Die wenigen Tränen, die er noch nahe der Küste vergoss, wichen einem Tränenfluss, der kaum mehr enden wollte. Als sollte der Strom aus den Augen eins werden mit dem Wasser des Sees. Der Kleine zitterte. Sein ganzer Leib bebte in dem wackeligen Fischerboot. Die Kiste war verschwunden, der Boden des Bootes nun bedeckt mit dem Nass der Tränen. Der Wind trieb das Schiff fort. Immer weiter. Grüne Hügel verschwammen zu einem einzigen grünen Band ohne Kontrast. Es wurde schmaler und schmaler.

Gegen drei Uhr wurde Kagabo wach. Draußen hörte er einen Hund bellen. Er stand auf, ging ans Fenster des Zimmers und versuchte, sich zu orientieren. Nichts war zu sehen. Es war still draußen. Kagabo fror. Der Traum von dem kleinen Jungen war nicht allein ein Traum, es war auch ein Teil Erinnerung. Der Kleine, das war er. Kagabo spürte es wieder. Da war es, dieses Gefühl, das in der Kiste verloren ging. Diese einschneidende Angst, die alles auffraß. Tod, Schmerz, das Alleinsein. Existenznot, die einem die Luft raubt. Er musste sich setzen, denn dieses einsame Angstgefühl hatte er in dieser Deutlichkeit seit der Flucht aus Bisesero nicht mehr nachempfunden. *Maman, Papa, Jean Baptiste, wenn ich euch nur erzählen könnte, wie gut es mir heute geht und wie sehr ich mich ab und an schäme, dass ich überleben durfte, während ihr alle fortgehen musstet,* flüsterte Kagabo leise. Er hatte nicht bemerkt, dass die Türe zu seinem Zimmer leise geöffnet worden war und jemand eingetreten war. Christines und Gregoires Hausangestellte hatte eine Kanne Tee in der Hand und ein Glas. *Was machen Sie denn mitten in der Nacht hier?* herrschte Kagabo die junge Frau an, die sich sofort aus dem Türrahmen duckte. Kagabo hatte sich ertappt gefühlt. Ertappt in einem schwachen Moment der Einsamkeit. Hatte er am Ende Tränen in den Augen? Es war ihm unangenehm, dass die junge Frau ihn hatte mit seinen verstorbenen Eltern reden hören. *Kommen Sie schon wieder rein,* sagte er alsbald und öffnete selbst die Türe. Die junge Frau trat zögerlich ein, zupfte sich das Kleid zurecht und stellte den Tee auf den Tisch vor dem Fenster.

Was machen Sie um diese Uhrzeit wach? wollte Kagabo wissen. Sie blickte ihn nicht an.

Mein Zimmer liegt neben dem Ihren und Sie haben unruhig geschlafen, Bwana. Ich wurde wach als ich Geräusche vernahm, die wie das Schluchzen eines Kindes klangen. Ich kenne diese Laute von meinen Eltern. Sie werden auch oft nachts wach. Es ist das Schicksal unseres Landes, dass wir in der Dunkelheit von den Dämonen unserer Vergangenheit besucht werden. Machen Sie sich keine Gedanken, Bwana. Ich werde niemandem etwas sagen. Es ist auch nichts Schlimmes, wenn man alleine in einem Raum ist und dennoch das Gespräch sucht. Ich rede auch oft mit meiner Großmutter. Sie starb vor einigen Jahren. Sie hatte den Krieg überlebt und mir oft davon erzählt. Genauso wie meine Eltern. Aber die sprechen nie davon. Großmutter wollte, dass wir alle wissen, was in Ruanda geschehen war. Jedes Detail. Jedes noch so grässliche Detail. Meine Eltern wollen vergessen. Aber unser Land kann noch nichts vergessen, was meinen Sie?

217

Sie entschuldigte sich bei Kagabo, dass sie ihn so direkt angesprochen hatte. Ihr war sofort aufgefallen, dass ihr Redeschwall nachts um drei den Gast aus Deutschland überfordert hatte. Kagabo schwieg eine Weile.

Wissen Sie, ich habe Ruanda als kleiner Junge verlassen. Meine ganze Familie starb hier am Kivu. Und ich habe alles verdrängt. Nichts habe ich an mich herangelassen. Mein Herz war aber mit der Zeit schwer geworden. Ich bin mit einer deutschen Frau verheiratet, wir haben einen kleinen Sohn. Ich habe eine Stelle als Kinderarzt in einer Klinik. Ich müsste glücklich sein. Mein Onkel und meine Tante, Yves und Mutesi, sie haben für mich wie für einen eigenen Sohn gesorgt. Ich habe neue Freunde gefunden und es gab keine Verbindungen mehr nach Ruanda. Aber es gab in meinem Herzen noch eine schwarze Stelle, die immer wieder schwermütig und hartnäckig darum bat, beleuchtet zu werden. Meine Frau Almuth war es, die nach der Geburt unseres Sohnes vorschlug, nach Ruanda zu fahren. Wir waren hier, vor ein paar Monaten. Und da sprachen sie zum ersten mal zu mir. Meine Eltern. Mein großer Bruder, Jean Baptiste.

Die junge Angestellte hatte mittlerweile auf der Bettkante Platz genommen. Sie sah Kagabo voller Neugierde an und ermunterte ihn durch ihre Blicke zum Weitersprechen.

Wir trafen einen Kollegen, einen Arzt in Gisenyi. Er lud mich ein, ich sollte wiederkommen. Meine Frau war anfangs nicht begeistert, obwohl sie diejenige war, die mich ja auf die Idee brachte, nach Ruanda zu fahren. Nach der ersten Begegnung mit meiner Vergangenheit musste ich mich ganz schön verändert haben. Almuth hat wohl immer noch Angst, ich könnte mich Hals über Kopf dafür entscheiden, wieder in Ruanda leben zu wollen.

Werden Sie bleiben, Bwana? hakte die Hausangestellte in Kagabos Augen ein wenig zu neugierig nach.

Das steht nicht zur Debatte. Ich habe eine wunderbare Frau und einen liebenswürdigen kleinen Sohn. Sie leben in Deutschland. Aber ich werde in Zukunft häufiger nach Ruanda reisen, da bin ich sicher. Wissen Sie, es ist seltsam, wenn man sich wie ein Muzungu fühlt, aber keiner ist.

Sie sind kein Weißer, Sie sind einer von uns, sagte sie erschrocken und rückte ein Stück auf der Bettkante herum. *Natürlich, aber ich fühle mich ab und an wie ein Weißer. Es geht hier ja auch gar nicht um die Hautfarbe. Es geht um den Lebensstil, um die Art zu denken. Da unterscheiden sich Weiße und Schwarze ab und an doch ganz erheblich.* Kagabo hielt inne, um seine eigenen Worte noch einmal zu überdenken. *Aber sie unterscheiden sich nicht in allen Dingen. Die Sehnsucht nach Geborgenheit und innerem Frieden, die ist in ihrem und unserem Leben dieselbe.*

219

Sie werden Ihren Frieden mit Ihrer Vergangenheit machen, fügte die junge Frau an, stand auf und verließ das Zimmer wieder. Im Türrahmen blieb sie noch einmal stehen und entschuldigte sich erneut bei Kagabo. Sie habe ihn nicht mitten in der Nacht stören wollen.

Am nächsten Morgen wollte Gregoire wissen, ob alles in Ordnung mit Kagabo sei. Er habe in der Nacht Stimmen gehört und die Tür. Kagabo erzählte ihm von seinem Gespräch mit der Hausangestellten. Gregoire war dies überhaupt nicht recht. Er würde sie zur Rede stellen. Kagabo merkte in diesem Moment, dass er nun doch eher europäisch gedacht hatte und sprang der jungen Frau bei. Sie habe nichts Unrechtes getan, ihm lediglich einen Tee gebracht und sich kurz nach seinem Wohlbefinden erkundigt. Gregoire nickte und Kagabo sah, dass sie in diesem Moment fast unsichtbar durch den Flur huschte und im Garten verschwand.

Es hatte ihm gut getan, sich mit jemandem auszutauschen, der auch ein wenig Interesse an seinen Beweggründen hatte. Bislang war ihm das immer zu kurz gekommen, denn Filonne, Armand, Gregoire und Christine wollten vor allem von seinem neuen, vermeintlich spannenden Leben in München erfahren.

Nach dem Frühstück fragte Christine, ob Kagabo zurück nach Kigali oder noch ein wenig die Gegend erkunden wollte. *Der Hügel von Bisesero...* Christine nickte.

Sie fuhren mit dem Wagen bis an die Stelle, von wo aus man früher zu Fuß auf das Plateau gelangt war. Heute fand man hier eine Gedenkstätte. *Es hat sich einiges verändert,* sagte Gregoire. Kagabo fühlte wieder diese Leere. Konnte es sein, dass der Deckel der Gedankenkiste bereits wieder geschlossen worden war. Er erkannte nichts mehr. Keine Gerüche, die ihm bekannt vorkamen. Es fehlten die Geräusche, die ihn an die Vergangenheit erinnert hätten. Das war am Tag zuvor anders gewesen. Das Elternhaus und das Haus der Nachbarn - sie hatten so vieles in ihm aufgerüttelt. Aber den Anblick der Gedenkstätte hier in Bisesero ließ ihn erstaunlich kalt.

Ich weiß nicht mehr, was hier alles genau vor sich ging. Habe kein Gefühl mehr für die letzten Tage hier auf dem Hügel, sagte er zu Gregoire, der gedankenverloren auf dem Weg auf und ab spazierte. *Es ist verloren gegangen. Ich weiß, dass wir in Bisesero waren. Daran erinnere ich mich. Aber ich erinnere mich nicht mehr, wie wir hier her kamen, wie wir verschwanden und wann sie alle umkamen. Es war Militär hier, das weiß ich noch.*

Gregoire und Christine, die ihr Leben lang in Ruanda gelebt hatten und auch in der Nähe dieses Ortes schon viele Jahre verbracht hatten, konnten sich nicht vorstellen, dass man an diesem Platz das Grauen durchlitten hatte und daran heute keine Erinnerung mehr haben konnte. *Es ist wie eine Art Blackout*, fügte Kagabo an um seine Lage zu erklären.

Er sah sich intensiv um, sah lange auf einen großen Stein, ging Stufen hinauf und wieder herunter. Nichts kam ihm bekannt vor. Als Arzt wusste er sehr wohl von der Möglichkeit des eigenen Verstandes, sich auszublenden um zu verdrängen. Das passierte schließlich nicht nur, wenn man einen Filmriss nach einer durchzechten Nacht hatte. Hier geschah es auf eine absurde und surreale Art und Weise. Da war ein junger Mann, der an einem Ort stand, der einen dramatischen Wendepunkt in seinem Leben markierte. Aber er hatte keinerlei Erinnerungen mehr an diesen Ort. Es war als wäre er nie in Bisesero gewesen. Kagabo wusste, dass es auf diesem Hügel zum tödlichen Finale gekommen war. Hier, irgendwo hier, hatte er Maman, Papa und Jean Baptiste für immer verloren. Aber was war mit ihm? Wo war er zu dieser Zeit gewesen? Wer hatte ihn gerettet und wieso? All das war fort. Fort vermutlich für immer.

Er ging wieder zum Auto zurück und bat Gregoire zu fahren. *Lasst uns zurückfahren. Es kommt mir so seltsam vor, hier an einem Platz zu sein, den ich gut kennen müsste, der mir jedoch so fremd erscheint.* Sie fuhren los, noch einmal zurück zum Haus der beiden. Erst später wollten sie sich dann mit Armend und Filonne in Kigali treffen.

Als Gregoire das Auto in der Einfahrt parkte, bemerkten sie alle zeitgleich eine sehr alte Frau. Sie saß vor der Haustüre. Die Hände auf einen Gehstock gestützt. Ihre Augen wirkten glasig und waren müde. Die ganze Frau erschien zerbrechlich und wie ein Schatten aus einem anderen Leben. Sie trug ein beigefarbenes Kleid mit Mustern. Auf dem Kopf hatte sie ein Tuch. Ihre Haut war sonnengegerbt und faltig. Jede der tiefen Furchen in ihrem Gesicht erschien die Geschichte eines langen Lebens zu erzählen - ein Leben voller Sorgen und Nöte. Ihre Füße steckten in einfachen Schuhen aus Plastik, die ausgetreten waren und voller Staub. Als das Auto von Gregoire vorfuhr, stemmte sie sich mühevoll auf den Stock, dessen oberes Ende geschnitzt war, abgegriffen und speckig. Ein treuer Begleiter auf ihren Wegen.

Sie kam einen Schritt auf das Auto zu. Blieb erneut stehen, wagte sich nicht weiter, wartete, bis die Insassen ausgestiegen waren. Ein Mann mittleren Alters, ein drahtiger Geschäftsmann, voller Elan. Daneben seine Frau, hübsch und adrett für ihr Alter. Und von hinten der junge Mann aus. Er musste um die dreißig Jahre alt sein. Sie betrachtete den jungen Mann, versuchte sich auf ihn zu konzentrieren, so gut die schwachen Augen mitmachten.

Sie gab zuerst Gregoire die Hand und grüßte ihn. Danach ging sie zu Christine und gab auch ihr die Hand. Für diese Gegend der Welt war die Frau sicherlich steinalt. Die Alten zu achten und zu ehren spielte in Ruanda eine ganz andere Rolle als in Europa. Das wusste Kagabo und deshalb verstand er, wieso Christine sich sehr ehrfürchtig verhielt. Irgendwas strahlte die Alte aus, das auch ihn verzauberte. In ihrer kratzigen Stimme lag Weisheit und viele Jahrzehnte Lebenserfahrung.

Ich habe gehört, hier ist ein junger Mann in Gishyita, der bei euch die Nacht über verbracht hat. Mein Herr, ist es der Junge hier. Sie sprach mit Gregoire und deutete dabei auf Kagabo. Sie kam etwas näher, zupfte ihn am Hemd und zog sich so bis auf Tuchfühlung an den Gast aus Deutschland heran.

Ja, meine Liebe, das ist ein junger Mann aus Deutschland. Er ist hier um seine Vergangenheit zu suchen. Er hat während des Völkermords seine ganze Familie verloren.

Jetzt ist er hier und will wissen, was damals genau geschah, denn er war noch ein Kind in jenen Tagen.

Die Alte machte eine Handbewegung, die signalisierte, dass sie nicht mehr gut genug hören konnte um alles genau zu verstehen und so wiederholte Gregoire langsam und laut, was er gesagt hatte. Christine hakte die Alte unter und bat sie, mit ins Haus zu kommen.

Wer bist du? fragte sie vorsichtig nach. *Und wo kommst du her?*

Christine wollte gar nicht wissen, von wem sie gehört hatte, dass bei ihnen ein junger Mann aus Deutschland zu Gast war. Das dürfte sich in den letzten vierundzwanzig Stunden rasend schnell in ganz Gishyita und Umgebung herumgesprochen haben.

Die alte Frau ließ sich im Haus auf das Sofa fallen. Es hatte ihr sichtlich größere Mühen bereitet, ein paar Minuten zu stehen. Sie behielt den Stock in der Hand, klopfte damit drei-, viermal auf den Boden und murmelte dann: *Gott segne dieses Haus und seine Bewohner. Möchtet ihr einer alten Frau etwas Wasser bringen?*

Sofort sandte Chrsitine die Hausangestellte los um Wasser, Saft und etwas Gebäck zu holen. Dinge, die es in Ruanda nur in Haushalten der Reichen zu finden gab. *Ihr seid großzügige und wohlhabende Leute* krächzte die Alte, ehe sie anfing mühevoll ihre Geschichte zu erzählen.

XVIII

In der Zwischenzeit war das Plateau zu einer kleinen Zeltstadt geworden. Aus den Tälern der umliegenden Hügel kamen zahllose Tutsifamilien nach Bisero, denn hier, so erzählte man sich, war man sicher. Noch. Sie hatten gehört, dass man die Angreifer mit Steinen in die Flucht geschlagen hatte.

Jean Baptiste und Kagabo machten sich so gut es ging nützlich bei der Verteidigung. Sie sammelten neue Steine zusammen, um im Falle des Falles den Erwachsenen Munition bereit gestellt zu haben. Die anderen Kinder, die groß genug waren, taten es ihnen gleich.

Als anfangs eine Feuerstelle reichte, um die Menschen zu bekochen, waren sie noch in der Lage, sich immer mal wieder mit Lebensmitteln zu versorgen. Es wurde aber mittlerweile an acht, neun oder gar zehn Feuern gekocht. Ganze Trupps wurden losgeschickt, Nahrungsmittel zu besorgen. Jean Baptiste bat seinen Vater immer wieder, er möge ihn wieder losziehen lassen, doch Papa verbat es dem ältesten Sohn. Zu tief war die Sorge, dass er beim zweiten Versuch nicht wiederkommen konnte.

Papa selbst ging einmal mit einem Trupp hinab ins Tal. Sie stahlen sich bis an die Ufer des Kivu heran. Sie alle kehrten wohlbehalten wieder, aber berichteten von unbeschreiblichem Leid. Die Straße entlang des Sees war gesäumt von Leichen. Wie eine Spur der Verwüstung zog sich die Linie der Toten durchs Land.

Die Männer schafften es, getrockneten Fisch zu bekommen und plünderten ein paar Häuser. Sie baten Gott um Vergebung, dass sie in verlassene Tutsi-Häuser eindrangen und Lebensmittel stahlen, aber es gab keine andere Wahl mehr. Oben auf dem Hügel hungerten sie zu Tausenden und hier gab es noch etwas zu essen. Es waren die Vorräte der Toten. Das bereitete den Menschen auf dem Hügel von Bisesero großen Kummer.

Es war eines späten Nachmittags, als zwei junge Männer völlig erschöpft und abgekämpft auf dem Hügel erschienen. Sie kämpften sich bis zum Dorfältesten durch. Ihm berichteten sie von einem Massaker in der Senke des Hügels nur unweit des Hügels. Es war der Hügel von Kagabos und Jean Baptistes Großeltern. Grandpère Vedaste und Grandmère Valérie waren dort in ihrem Haus gewesen. Die jungen Männer lebten in zwei weiteren Häusern der Umgebung. Sie hatten Vedaste beten und flehen hören. Dann später als sie sich selbst aus dem Dickicht des Walds zurück auf den

Pfad zu ihren Häusern gewagt hatten, sahen sie seine Leich. Vedaste lag vor der Hütte. Einige andere Tote hatten es auch noch aus den Häusern geschafft. Sie zählten elf Tote. Frauen, Kinder und ihre Männer. Ihre eigenen Mütter, Väter und Nachbarn. Die beiden Männer rannten davon. Ohne Rast, neun Stunden. Ohne Wasser und Nahrung. Neun Stunden. Bis sie endlich das Plateau von Bisesero erreicht hatten.

Papa rieb sich die Tränen aus den Augen. Maman sackte schwerfällig in sich zusammen und brach in Tränen aus. In Kagabo löste der Verlust der Großeltern eine tiefe Wut aus, die er aber nicht beschreiben konnte. Es war die Wut kleiner Kinder, die durch Ohnmacht ausgelöst wurde, Dinge nicht beeinflussen zu können. Es war fast wie die Wut, die er empfunden hatte als er noch ein ganz kleines Kind war. Damals machte es ihn rasend, wenn Steine im Wasser versanken und nicht auf der Oberfläche schwammen. Er hatte es wieder und wieder probiert. Aber die Steine blieben nicht, wo er sie haben wollte. Sie sanken. Ein aufs andere Mal sanken diese verdammten Steine. Es war eine trotzige Wut in ihm aufgestiegen in diesen Momenten und die wurde nicht besser, als der große Bruder ihn auslachte. Erst als Maman ihn in solchen Momenten in den Arm nahm, die Tränen trocknete und zu erklären versuchte, dass es Dinge gab, die man nicht beeinflussen könne, erst dann ging es dem klei-

nen Kagabo besser. Nun mit acht Jahren war diese
Wut zurück. Er hätte am liebsten gebrüllt und sich mit
einer viel zu großen Machete bewaffnet. Dann wäre er
losgezogen und hätte jeden Hutu kurz und klein geschlagen, den er finden konnte. Aber Kagabo war ein
kleiner Junge, der in all diesem Irrsinn gar nichts ausrichten konnte. Sein Überleben hing von den Strategi-
en der Alten ab. Das erklärte ihm nun der große Bruder. Nun nicht mehr belustigt wie früher, sondern fast
väterlich und leise, selbst tief in Trauer um die Großeltern.

Vedaste war ein Mann noch so voller Tatendrang und auch Grandmère Valérie war nicht das, was
man eine alte Frau nannte. Und nun konnten sie sie
nicht einmal beerdigen. Es wäre viel zu gefährlich gewesen, ins Tal hinab zu steigen und zu ihrem Hügel zu
wandern und die Toten zu begraben. Die Hutu-Milizen wussten, dass auf dem Hügel in Bisesero zahllose
Tutsi waren und sie lauerten mit Horchposten auf den
Wegen rund um Bisesero. Nur durch das Dickicht des
Waldes marschierten sie nicht, denn sie waren sich
sicher, sie alle zu bekommen - früher oder später.

Es kehrte so etwas wie Alltag ein auf dem Plateau. Die Menschen passten sich an. Sie hörten ab und
an Nachrichten aus dem Transistorradio und hofften
so sehr auf die Befreiung durch die Tutsi-Armee, die

drauf und dran war, das Land einzunehmen. Sie hörten bereits von Flüchtlingen aus dem Raum Kigali, die in Richtung Zaire und Uganda zogen. Diesmal waren es aber Hutu, die sich auf den Weg machten. Die Tutsi, die sich nun darauf machten, ihre bedrohten Landsleute zu retten, verübten nicht selten Rache an den Hutu. Ganz Ruanda versank im Blut. Ein Meer von Tränen floss in die Flüsse und den Kivu-See. Lethargische Trauer legte sich lähmend über alles. Ruanda war in einer Schockstarre gefangen. Es kam zu einem Stillstand des ganzen Lebens. Die einen waren befasst damit, ihre Haut zu retten und sich nicht von der Hutu-Power aufspüren zu lassen. Die anderen waren damit beschäftigt, die Kakerlaken auszurotten. Aber auch dazwischen gab es jede Grauschattierung, die das Leben bot. Hutu, die um ihr Leben fürchteten, weil sie Tutsi versteckten. Tutsi, die Hutu töteten, um so dem Land Frieden zu bringen. Hutu, die Hutu töteten, weil sie diese für Verräter hielten. Hutu, die sich klein machten und still den Atem anhielten, um nicht aufzufallen, weil sie mit all dem Wahnsinn nichts anfangen konnten. Tutsi, die sich widerstandslos in ihr Schicksal fügten. Tutsi, die kämpften und die Milizen zurückdrängten. Und unzählige dieser Tutsi, die sich nicht aufgaben, lagerten seit Wochen auf dem Hügel von Bisesero und warteten auf Rettung.

Noch mehrfach musste der Dorfälteste mit seinen Männern beratschlagen, was zu tun sei. Noch mehrfach hatten sie kleinere Gruppen der Miliz zurückgedrängt. Wieder flogen Steine und brennende Holzscheiter. Aber sie wurden müde vom Kampf.

Es war bereits Sommer geworden. Überall in Ruanda hatte der Umbruch begonnen. Warum nur konnten die Tutsi-Rebellen nicht auch Bisesero befreien? Die Männer lamentierten den ganzen Tag über. Unentwegt stellten sich alle dieselben Fragen. Warum hat die Welt da draußen solange zugesehen? Warum konnten die Vereinten Nationen nichts ausrichten?

Dann kamen eines Tages zwei Wachposten aufgeregt auf das Plateau und weckten früh morgens den Dorfältesten. Er stand auf, kämpfte sich auf wackligen Beinen zu den anderen Männern und versuchte, Ruhe auszustrahlen. Er wusste, dass die Menschen ihm hier vertrauten und seinem Wort großes Gewicht schenkten. *Was habt ihr zu berichten,* wollte er von den beiden Wachposten wissen.

Die Männer sprachen aufgeregt und schnell. Sie hatten auf der Seite des Hügels Wache gestanden, wo man an einigen Stellen in Richtung Kivu-See gelangen konnte. Und dort hatten sie Soldaten in Uniformen gesehen. Im Morgengrauen war nicht klar, woher die Soldaten genau kamen, aber es lag die Vermutung nahe, dass sie über den See gekommen sein mussten. Dort aber lag Zaire und von dort konnten keine Hutu-Kämpfer kommen.

Man schickte einen besonders geschickten und starken Tutsi los. Er wollte allein die Lage erkunden, denn alleine konnte man sich besser verstecken. Er kam nicht weit. Schon auf halben Weg den Hügel hinab kamen ihm die Soldaten entgegen. Es waren Weiße! Der Tutsi traute seinen Augen nicht. Weiße! Das war ihre Rettung. Er ging auf den ersten Soldaten zu, verneigte sich und grüßte ihn freundlich. Zusammen mit den französischen Soldaten kehrte er auf das Plateau zurück.

Der Dorfälteste hörte sich an, was die Soldaten zu berichten hatten. Sie kamen tatsächlich aus Zaire und es waren auch tatsächlich Franzosen. Überall auf dem Plateau machte sich freudige Stimmung bereit. Die ersten Freudenschreie gellten durch die Luft, Frauen und Kinder begannen zu singen. Die Rettung! Nach so langer Zeit auf dem Hügel. Kagabo klammerte sich wie ein kleines Kind an das Bein seines Vaters. Er hatte ein wenig Angst vor den Soldaten, die er da in sicherem Abstand sah. Papa aber erklärte ihm, dass diese Soldaten ihre Rettung waren, gekommen um sie in Sicherheit zu bringen.

Nur der Dorfälteste machte eine ernste und nachdenkliche Miene. Er zog sich mit zwei Franzosen zurück. Diskutierte. Sie sprachen lange. Diejenigen auf dem Plateau, die das mitbekamen, wunderten sich, der Rest feierte die Ankunft der Retter aus Frankreich.

Der Alte wusste, dass Frankreich Truppen nach Ruanda geschickt hatte. Aber die waren erst ins Land gekommen, als die Lage sich änderte. Sie waren nicht hier, um die Tutsi vor Hutu-Rebellen zu bewahren. Sie waren gekommen, um den Hutu eine sichere Flucht zu ermöglichen - überall dort, wo die Tutsi-Rebellen aus dem Norden bereits Landgewinne verbucht hatten. Das musste aber heißen, dass die Tutsi-Befreier nicht mehr weit waren.

Nach einer Zeit kehrte der Dorfälteste zurück. Er nahm Männer beiseite und sprach mit ihnen. Er nickte zustimmend, gab ihnen Anweisungen. Auch Papa ging zu ihm um mit ihm zu sprechen. Dann kehrte er zurück, freudig und etwas beruhigter. Der Alte war nach langer Diskussion auf den Vorschlag der Franzosen eingegangen, dass man gemeinsam unter dem Schutz der französischen Truppen den Hügel hinabsteigen wolle. Dort würde man in Sicherheit gebracht werden.

Ich habe Angst, dass sie uns bei der Flucht etwas tun, sagte Jean Baptiste, als habe er eine düstere Ahnung gehabt, was geschehen konnte. *Sei unbesorgt, wir werden befreit,* versuchte Papa ihn zu beruhigen. Er holte aus einer Tasche ein vergilbtes Buch. Es war ein Taschenkalender aus dem Jahre 1988. Die Seiten waren zum Teil beschrieben. Auf manchen der Blätter hatte Papa Einkaufslisten notiert. Auf anderen schrieb er Preise für Bananenstauden auf oder für andere Obst- und Gemüsesorten. Er blätterte nun ganz nach hinten. Dort standen Adressen. Papa hatte diesen Kalender immer bei sich. Er riss die Seite mit den Adressen heraus, gab sie Jean Baptiste und sagte: *Wenn etwas ist, geht zu Onkel Yves und Tante Mutesi. Aber ich verspreche dir, wir kommen durch. Wir schaffen es! Gemeinsam! Und mit Gottes Hilfe.*

Onkel Yves und Tante Mutesi - das waren Fremde in der eigenen Familie. Sie hatten Ruanda verlassen und im fernen Europa ein neues Leben begonnen. Kagabo verband mit den beiden weder ein Gesicht noch eine Stimme. Aber er kannte Onkel Yves aus Erzählungen. Ein Mann, der es im fernen Deutschland geschafft hatte. Nur wie sollte man zu ihm gehen, wenn es nötig würde? Wer sollte ihn dort hinbringen? All diese Fragen schwirrten Kagabo durch den Kopf. Jean Baptiste vertrieb ihm die Sorgen. *Mach dir keinen Kopf, kleiner Bruder. Wir werden das nicht brauchen.*

235

Einer Prozession gleich machten sich die Tutsi auf den Weg ins Tal in Richtung Kivu. Die französischen Soldaten flankierten den Zug. Überall hörte man erste leise Anzeichen von Freude. Die Frauen begannen zu singen. Die Anspannung fiel von ihnen ab. Dass sie auf dem schlammigen Boden noch immer kaum Halt fanden, es störte die Menschen nicht mehr. Rettung war in Sicht. Die Franzosen waren gekommen, sie zu befreien. Der Hügel in Bisesero war in der Zeit zwischen April und Anfang Juli wie eine Festung. Die Tutsi-Männer hatten es geschafft, die Angriffe der Hutu-Milizen abzuwehren. Die Hutu aus den umliegenden Dörfern hatten zwar mehrere Anläufe unternommen, das Plateau zu stürmen. Aber der weise Dorfälteste hatte es mit seinen Männern geschafft, ihre Leben zu bewahren.

Nun war er der einzige, der den Menschenzug voller Sorge sah. Er ging vorne, auf seinen Stock gestützt, nachdenklich und die Stirn in Falten. Es missfiel ihm, dass die meisten voller Freude waren. Er wollte an die endgültige Rettung erst glauben, wenn sie wirklich in Sicherheit waren.

Aber er hatte keine andere Wahl gehabt. Weiße Soldaten, die ihm Geleit boten, waren Schutz für sie. Und die Vorräte hätten kaum noch weitere drei oder vier Tage gereicht. Er hatte Angst, dass auf dem Hügel

Krankheiten ausbrachen. Es war schwierig genug gewesen, die Tutsi in Bisesero mit Wasser und Nahrung zu versorgen. Sie schafften es nur, weil die Männer mutig genug waren, immer wieder durch den dichten Wald in die Täler zu steigen. Sie entgingen so den Hutu-Kämpfern der Interahamwe, die sich auf den Hauptwegen aufhielten - ganz im Wissen, dass am Ende doch ihre Überlegenheit siegen würde. Die Kakerlaken würden beseitigt und die Bäume gefällt. Warum also im Schlamm des Unterholzes nach einigen wenigen von ihnen suchen, wenn am Ende allesamt gemeinsam in einem Streich ausgelöscht werden könnten? Eine perfide, aber effektive Einstellung.

Nach einem langen Fußmarsch, den aber alle als weniger anstrengend empfanden als die Zeit des Wartens auf dem Plateau, erreichte die Menschenmenge eine Straße. Dort blieben alle stehen und warteten. Niemand wusste genau, wie es weitergehen würde. Wohin sollten sie gehen? Wer würde sie schützen. Die französischen Soldaten standen teilnahmslos herum und wussten wohl auch nicht so recht, was zu tun sei.

Es dauerte eine Weile bis sich etwas tat. Der Dorfälteste sprach wieder mit einem der Soldaten. Daraufhin stampfte er mehrfach mit dem Fuß auf und rammte seinen Gehstock in den Boden. Er wandte sich ab und ging ein Stück zur Seite.

Papa sah, wie einige der französischen Soldaten abseits zusammenstanden und beratschlagten. Dann machte ein General eine Handbewegung und sie folgten ihm. Der Dorfälteste kam nun zu den Männern, die sich an der Straße versammelt hatten um ihnen von dem Gespräch zu berichten. Er wirkte angespannter denn je zuvor.

Wir sollen warten, sie wüssten nicht, wie sie uns hier jetzt helfen können. Ich habe sie gefragt, warum sie uns dann gemeinsam nach unten geleitet hätten, wenn sie hier unten weniger Schutz bieten können als es das Plateau vermochte.

Jean Baptiste rückte an Papa heran und auch Kagabo hielt den Vater am Hosenbein. *Sind wir hier verloren?* fragte ein Tutsi den Alten.

Wir sind jedenfalls in Gefahr, denn an dieser Straße können wir kaum davonkommen, sollte die Interahamwe uns angreifen, sagte der Alte sichtlich bedrückt.

Die Sonne begann bereits zu versinken. Man sah von hier aus den Kivu. Die Wasseroberfläche glänzte golden im Sonnenlicht des späten Nachmittags. Ein großes Schiff ankerte unweit der Straße. Es ging von dort nur eine steile Böschung hinab. Die Soldaten aus Frankreich sammelten sich auf einmal an der Straße ein Stück abseits. Dann verschwanden sie. Diejenigen Tutsi, die vorne an der Stelle standen, wo sie vom Hügel von Bisesero herabgestiegen waren, wunderten sich. Der Dorfälteste ging den Männern in Uniform kurz hinterher. Er kehrte aber bald zurück.

Sie gehen. Das war das einzige, was er sagen konnte. Nichts weiter als *Sie gehen.* Dann sahen sie alle entsetzt zu, wie die Soldaten langsam verschwanden. Die Dunkelheit schien sie wie ein schwarzes Loch zu verschlucken. Eine knappe halbe Stunde später hörte man sie wieder. Dumpfe Stimmen erklangen unterhalb der Straße. Sie hatten den einzigen Weg die Böschung hinab gewählt, der etwas weiter oberhalb der Stelle zum Ufer des Kivu hinabführte. Man hörte die Soldaten das Boot besteigen. Die Tutsi sahen dem Schiff noch lange nach. Es verschwand auf dem See. In Richtung Zaire. Die Grenze zum Nachbarland verlief durch den See, keine zehn Kilometer vom Ufer entfernt. So plötzlich die vermeintlichen Retter aufgetaucht waren, so plötzlich waren sie auch wieder verschwunden. Zurück blieben schüchterne und verängstigte Männer und Frauen und ihre Kinder, die ohne Schutz an einer Straße standen. Einige Männer überlegten, ob sie wieder nach Bisesero zurückkehren, wieder auf den Hügel klettern und dort den Schutz suchen sollten. Der

Dorfälteste riet ihnen ab. Er hatte Sorge, dass der wandernde Tross Menschen den Hutu-Milizen nicht entgangen sein konnte. Sie würden längst im Lager auf dem Plateau sein und dort auf sie warten. *Und wenn sie wissen, dass wir hier sind, werden sie auch hier herkommen,* schimpfte ein anderer. Der Alte nickte mit müdem Blick. *Ich weiß, es ist wie eine Falle. Die Soldaten sind gegangen und wir bleiben zurück. Aber womöglich kommen die Franzosen auch wieder zurück um uns von hier fortzubringen.* Seine Hoffnung klang kläglich und wenig überzeugend.

XIX

Die Alte trank einen kräftigen Schluck Wasser, nahm dann alle Kraft zusammen, hob ihren Körper ein Stück an und stand wieder auf. *Draußen*, sagte sie, *ist es angenehmer. Ich sehe dort besser.*

Christine, Gregoire, das Hausmädchen und Kagabo verließen das Haus wieder nach draußen. Christine stützte die fremde alte Frau und geleitete sie zu einer Bank im Garten. Dort ließ sie sich mühsam nieder und begann zu erzählen.

Es waren meine Nachbarn. Sie kamen gestern Abend und erzählten mir von einem jungen Mann, der in Gishyita sei, um seine Vergangenheit zu suchen. Ein Mann aus Europa, der einst als Kind in dieser Gegend gelebt habe. Sie hätten es von einem Twa, der hier lebt. Ich bin alt, weit über achtzig Jahre alt. Der Twa hat mir gesagt, welches Haus der junge Mann gesucht hat. Da musste ich all meine Kraft zusammennehmen um hier her zukommen. Kagabo, ich danke Gott, dem Allmächtigen, dass er mich das erleben lässt.

Kagabo zitterte auf einmal. Sie hatte ihn beim Namen genannt. Diese Frau kannte ihn. Er aber schien sie nicht zu erkennen. Die Kiste mit Erinnerungen an früher war zwar weit geöffnet worden, aber alle Einzelheiten von früher waren noch nicht wiedergekehrt und die Frau war sehr alt.

Ihr wart alle auf dem Hügel von Bisesero. Grandpère und ich konnten euch nicht folgen, denn der Weg von unserem Hügel dorthin war versperrt, die Hutu-Milizen waren überall.

Kagabo erfasste eine heftige Trauer, die aber sogleich einem ganz seltsamen Gefühl der Befreiung wich. Seine Augen füllten sich schlagartig mit Tränen. Er griff die Hand der alten Frau, drückte sie an sein Herz und schluchzte kaum zu verstehen: *Grandmère Valérie! Grandmère Valérie!* Sie nickte nur. Müde. Schwach, aber glücklich.

Erzähle mir alles, was damals geschah. Ich erinnere mich an nicht viel. Ich war acht Jahre alt. Ich müsste mich eigentlich erinnern, aber mein Gedächtnis hat das meiste gelöscht.

Die alte Frau nahm Kagabos Hand und pries den lieben Gott für seine Gnade. Christine und Gregoire sahen sich kurz an und überlegten, ob sie die beiden alleine lassen sollten, blieben aber dann doch.

Eines Tages kamen die Kämpfer der Interahamwe zu unserem Haus und den drei Häusern in der direkten Nach-

barschaft. Es war kurz vor Ende des Wahnsinns. Wir hatten jeden Tag gebetet, dass dem Morden ein Ende gesetzt würde. Heimlich hörten wir leise Radio. Wir wussten, dass die Tutsi-Befreier unterwegs waren. Aber wir wussten nicht, wie weit sie noch von Gishyita entfernt waren. Wir machten kein Feuer mehr um nicht aufzufallen. Auch unsere Nachbarn stellten sich tot.

Dann kamen sie dennoch. Vedaste war im Haus. Er lief nach draußen und rief nach mir als er sie sah. Ich war im Garten. Auch ich sah sie. Sie klapperten mit ihren hässlichen Macheten. Im Haus neben unserem, du kennst es doch sicherlich noch, Kagabo, hörte ich Schreie und die Kinder flehen.

Kagabo hatte plötzlich wieder ein Bild vor Augen, ein klares Bild vom Haus der Großeltern. Wieder war ein Mosaikstein aus der Gedankenkiste gekrochen und hatte sich den Weg an die Oberfläche gebahnt.

Ich blieb wie angewurzelt stehen. Es waren Hutu-Nachbarn aus dem Dorf. Man konnte sie erkennen. Wo ist deine Frau, du Tutsi-Kakerlake? Das riefen sie. Vedaste schwieg beharrlich. Er wusste, dass ich irgendwo im Garten war. Sie fielen über ihn her und ich musste hinter einer Bananenstaude alles mit ansehen, Kagabo. Es war das Grässlichste, was der liebe Gott einem Menschen als Prüfung auferlegen kann. Anzusehen, wie Menschen, die wild geworden waren wie irre Tiere, deine Liebsten töten. Sie hackten auf ihn ein.

Die Laute, die Vedaste von sich gab, reißen mich noch heute aus dem seichten Schlaf.

Sie legte den Kopf ein wenig zur Seite, als wollte sie so die Erinnerung an diesen Moment vertreiben, aus ihrem Gedächtnis schütteln. Es fiel der alten Frau sichtlich schwer, weiter zu sprechen. Sie stockte kurz, fuhr dann aber fort.

Ich bin losgelaufen. Einfach so. Ich habe geschrien wie im Wahn. Dann hörte ich sie schießen. Ehe ich auch nur fünf Schritte gemacht hatte, spürte ich einen stechenden Schmerz an meinem Bein und an der Seite. Sie griff sich an die Hüfte und drehte sich ein wenig zu Kagabo.

Dann fiel ich wohl hin. Sie mussten mich für tot gehalten haben, denn sie kamen nicht mehr nachsehen, ob ich noch lebte. Ich habe später von vielen gehört, dass sie meist auf Nummer sicher gingen und den Halbtoten mit der Machete noch den letzten Hauch Leben entrissen. Bei mir nicht. Ich überlebte. Es dauerte wohl einige Stunden, bis ich wieder zu mir kam und mich auch wieder erinnern konnte. Es herrschte Stille. Nirgends war etwas, das sich bewegte. Ich fühlte mich wie in Trance. Das Bein und die Hüfte schmerzten höllisch. Es war das Gefühl des grausamen Sterbens bei vollem Bewusstsein. Der Anblick des eigenen Ehemanns gab mir den Rest. Und vor den Häusern an unserem Hügel lagen die anderen. Überall Blut. Kagabo, ich wusste nicht, was ich in diesem

Moment tat. Es war, als habe mich eine fremde Macht geführt. Die Ahnen, sie mussten es gewesen sein, sie geleiteten mich aus dem Irrsinn. Ohne nachzudenken. Ohne Orientierung.

Ich wollte auf den Hügel von Bisesero. Aber ich kam nicht weit. Bald knickte mir das Bein ein und ich fiel zu Boden. Irgendwo an einem Rinnsal in einem dichten Waldstück blieb ich liegen. Es mussten Tage vergangen sein. Niemand kam, niemand fand mich. Ich saß bewegungslos an diesem Wasserlauf, hatte nichts zu essen und litt unter den furchtbaren Schmerzen. Das Wasser aus dem kleinen Bach hat mir vermutlich das Leben gerettet.

Es dauerte Tage bis mich jemand fand. Es waren zwei Tutsi-Frauen, die sich ebenfalls im Wald versteckt hatten. Sie erzählten mir, dass der Wahnsinn zu Ende war. Die Tutsi-Rebellen hatten nicht nur Kigali eingenommen, sondern auch den Rest Ruandas. Wir waren frei und brauchten die Hutu-Milizen nicht mehr zu fürchten. Die beiden nahmen mich mit zu ihren Häusern. Sie befinden sich in Rwamatamu, einem Ort, wo wunderbarer Kaffee wächst. Dort lebe ich bis heute. Nur gute zehn Kilometer von hier. Sie haben mir dort erlaubt, eine kleine Hütte auf ihrem Grundstück zu errichten. Sie halfen mir bei allem, pflegten meine Wunden. Ich bin ihnen sehr dankbar. Sie sind wie Töchter für mich. Die beiden sind auch Witwen, so wie ich. Sie halfen mir später nach euch zu suchen. Aber wir hatten keine Hoffnung mehr.

In den Wirren der letzten Stunden rund um den Hügel von Bisesero ist so vieles geschehen, was niemand mehr danach genau aufgezeichnet hatte. Es gingen wohl viele Menschen einfach verloren. Aber ich hatte immer noch die Hoffnung, dich zu finden. Die Leichen von Maman, Papa und deinem Bruder Jean Baptiste hatten sie irgendwann gefunden. Nur deine Leiche war nicht aufzuspüren. Beim Roten Kreuz vermuteten sie, du wärst in einem Massengrab gelandet oder im Kivu ertrunken. Ich habe jeden Tag gebetet, dass du noch lebst. Mir war klar, dass du nicht nach mir suchen würdest, denn in Bisesero hatte man euch erzählt, dass alle Menschen in den Häusern rund um unseren Heimathügel umgebracht wurden. So lebe ich bis heute eigentlich allein und ohne eigene Familie bei diesen Frauen. Ich bin Gott dankbar, dass er sie mir als zweite Familie geschenkt hat. Nun bin ich alt und schwach. Manches Mal habe ich den beiden Frauen schon gesagt, dass ich vermute, dass der Herr mich einfach vergessen habe. Sie meinten dann aber immer, dass er mit mir noch etwas vorhabe. Und heute, mein lieber Kagabo, weiß ich, was es war. Er wollte mir meinen Enkel wieder zurückbringen.

Kagabo saß einfach nur still da und hielt die Hand der alten Frau. Es dauerte eine Weile bis er wirklich begriff, dass die Alte tatsächlich Grandmère Valérie war. Sofort kam aber sein rationelles Wesen in ihm durch. Wieso hatte die Großmutter nicht in Deutschland nach ihm gesucht? *Ich hatte nicht viel Kontakt zum Bruder deines Vaters. Ich kannte ihn doch nur aus Erzählun-*

gen. Der Bruder war schon früh nach Europa gegangen. Wir hatten wenig über ihn gesprochen. Ich wusste nicht einmal, in welchem Land er war. Er war einfach der Bruder des Ehemannes meiner Tochter. Kagabo, verzeih mir, dass ich nicht die Kraft hatte, dich aufzuspüren!

Grandmère, es gibt keinen Grund, dich dafür zu entschuldigen. Wir alle haben solches Leid durchgemacht, dass wir keine Rechtfertigung für unser Schicksal suchen sollten, das uns selbst belastet. Die alte Frau nickte, sichtlich erschöpft. *Wir sind frei von dieser Schuld, wir haben andere Schuld auf uns geladen und darüber wird der Herr eines Tages in der anderen Welt richten,* fügte sie mit schwacher Stimme an.

Gregoire war aufgestanden und ins Haus zurückgekehrt. Er sprach mit der Hausangestellten und telefonierte mit Filonne und Armand. Man würde sich verspäten. Er erzählte, was soeben auf der Veranda des Hauses passierte und Filonne wollte ihren Ohren nicht trauen. Die Reise des jungen Mannes, der fast sein ganzes Leben in Deutschland verbracht hatte, sollte zu einem freudigen Abschluss gebracht werden. Sie jauchzte auf und war natürlich einverstanden, dass sie sich erst am Abend in Kigali treffen würden.

Christine und Gregoire baten die alte Dame, ihr Gast zu sein, sie lehnte aber ab. Sie wolle zurück in ihr kleines Häuschen in Rwamatamu und sich dort ausruhen. Gerne aber würde sie von ihrem Enkel ein andermal genau erfahren wollen, wie es ihm ergangen war - all die Jahre in der Fremde.

Sie brachten Valérie zurück in ihr neues Zuhause und sprachen auch mit den beiden Frauen. Kagabo musste von seinem Leben in München erzählen, ein Bild von Julian hatte er dabei. Den Urenkel noch zu sehen - und wenn es auch nur auf einem Bild war - berührte Valérie sehr. Sie wischte sich die Tränen aus den Augenwinkeln.

So unvermittelt sie plötzlich vor Gregoires Haus aufgetaucht war, so unvermittelt bat sie die Gäste auch wieder zu gehen. *Ich bin müde und muss mich schlafen legen. Komm bald wieder, mein Sohn,* sagte sie zu Kagabo, nahm ihn vorsichtig in den Arm und begleitete sie alle zur Türe.

Auf der Fahrt nach Kigali zu Filonne und Armand dachte Kagabo viel nach. Warum nur kamen die Erinnerungen so bruchstückhaft langsam zurück? Und wieso hatte es keine Möglichkeit gegeben, je herauszufinden, dass Grandmère noch lebte? Yves und Mutesi hatten die Vergangenheit immer ruhen lassen. Es war ihre Erziehung gewesen, nicht in der Vergangenheit zu wühlen. Kagabo wurde auf einmal bewusst, dass seine

Zurückhaltung was den Völkermord in Ruanda anging, vor allem der Erziehung von Onkel Yves und Tante Mutesi geschuldet war. Sie wollten nicht, dass darüber gesprochen wurde. Sie hatten den Deckel immer fest auf Kagabos Erinnerungstruhe gehalten. Aber sollte er ihnen nun deswegen einen Vorwurf machen? Sie wollten selbst nicht mit der Vergangenheit belastet werden, die sie nicht am eigenen Leib haben erleiden müssen. Und sie wollten vor allem den Ziehsohn nicht mit seiner Vergangenheit konfrontieren. Kagabo überlegte, dass er womöglich sehr traumatisiert gewesen war, als er als Achtjähriger bei seinem Onkel und seiner Tante ankam. Er beschloss, sie nach seiner Rückkehr nach München zu fragen, aber das so behutsam zu tun, dass klar würde, dass er damit keine Vorwürfe verband.

Vor dem schicken Lokal in Kigali warteten Armand und Filonne bereits. Sie umarmten sich alle und Kagabo wurde wie ein Sohn empfangen. Er war bereits ein Teil ihrer eigenen Familien geworden. Das gefiel dem Kinderarzt. Er spürte sofort, dass Filonne und Armand sich ehrlich und aufrichtig für ihn freuten und dankte beiden dafür. Dann bat er alle, bereits vorzugehen. Er wollte noch in Ruhe mit Almuth telefonieren.

Almuth wirkte etwas abgekämpft. Sie war gerade noch unterwegs gewesen, hatte Besorgungen erledigt und Julian war quengelig gewesen.

Kannst du nicht später noch einmal anrufen, fragte sie ihren Mann. Aber sie spürte, dass er etwas Wichtiges auf dem Herzen hatte. Sofort war sie wieder da, diese Sorge, er könnte bleiben wollen. Vermutlich auch deshalb wünschte sie einen Anruf zu einem späteren Zeitpunkt. So wäre eine schlechte Nachricht aufgeschoben gewesen. Aber Kagabo gab seiner Almuth keine Zeit, es brodelte und es sprudelte nur so aus ihm heraus.

Heute Morgen waren wir in Bisesero auf dem Hügel, wo wir uns alle so lange versteckt hielten. Ich habe nichts, aber auch nichts wiedererkannt. Dann sind Gregoire, Christine und ich zurück zu deren Haus. Dort war ein altes Mütterlein vor dem Haus. Sie sah schlimm aus. Almuth, es ist Großmutter Valérie. Meine Grandmère! Sie ist am Leben. Es war Zufall, dass der neue Besitzer des Hauses unserer Nachbarn, ein Twa im übrigen, einem anderen von meinem Besuch in der Gegend erzählt hatte. Grandmère lebt bei zwei Frauen, die auch Witwen sind. Irgendwer hat dann den zwei Frauen erzählt, dass ein junger Mann aus Europa nach seinem Elternhaus sucht. Die alte Frau, also Valérie, hatte sofort geahnt, dass es unser Elternhaus sein musste. Sie ist gekommen um mich zu sehen. Sie ist so alt. In ihr ist kaum mehr Leben, aber heute hatte sie viel Kraft. Almuth, Liebling, ich habe einen Teil meiner verlorenen Familie wiedergefunden.

Almuth am anderen Ende der Leitung schwieg. Sie erfasste die Situation nicht sofort. Dann aber freute sie sich ehrlich mit ihrem Mann, wenngleich tief in ihr die Angst vor einem Entschluss Kagabos, doch zu bleiben, sofort weiter wuchs. Wenn die Großmutter noch am Leben war, wollte er womöglich bei ihr bleiben um ihr einen angenehmeren Lebensabend zu ermöglichen. Er wollte sicherlich Zeit mit ihr verbringen und nachholen, was sie all die Jahre versäumt hatten.

Kagabo ahnte die Gedanken seiner Frau und beruhigte sie sofort. *Almuth, ich werde bald wieder nach Hause kommen, denn ich habe gefunden, wonach ich gesucht habe. Die Kiste mit den Erinnerungen öffnet sich von Tag zu Tag mehr. Meine Angst vor dem Inhalt legt sich und ich habe angefangen, hier Freunde zu finden. Und ich habe meine Grandmère wieder. Aber das alles wird mich nicht davon abhalten, wieder zu dir und meinem alles geliebten Julian zurückzukehren und meinen Platz in der Klinik wieder einzunehmen.*

Im Restaurant warteten Filonne und die anderen bereits auf Kagabo. Sie hatten ein üppiges Mahl bestellt und vor sich einige Fotos ausgebreitet. Es waren Bilder von früher. Yves als kleiner Junge. Armand erhob als erster sein Glas und trank auf Kagabo und seine wiedergewonnene Familienbande! *Du bist nun wieder angekommen im Land deiner Väter! Und du hast dank Gottes Hilfe deine Großmutter wiedergefunden!* Sie prosteten sich alle zu und es versprach ein heiterer Abend zu werden.

Gregoire und Armand boten Kagabo an, ihm genau zu erzählen, was in den letzten Tagen vor dem Ende des Krieges in Bisesero geschah. Armand hatte dazu einige Zeitungsartikel besorgt. Kagabo nickte. Er wollte auch den letzten Mosaikstein seiner eigenen Vergangenheit beleuchten und hoffte, so die Gedankenkiste vollständig zu leeren.

XX

Die Nacht war nass. Es regnete in Strömen. Die Tutsi von Bisesero hatten keine Wahl. Sie blieben, wo man sie hingeführt hatte. Niemand traute sich weiter fort, denn keiner wusste mehr, ob die Hutu nicht schon um die Ecke lauerten. Auf dem Plateau des Hügels hatten sie eine gute Sicht über die Wege gehabt, die hinaufführten. Sie konnten ihre Wachposten an den dichtesten Stellen des Waldes verstecken. Sie hatten Steine als Munition. Und so hatten sie die Angriffe der Interahamwe abgewehrt. Nun aber waren sie im Tal und sie waren müde. Es war bereits Juli. Der April, als das Morden begonnen hatte, lag schon so weit zurück. Rund achthunderttausend Tote lagen zwischen April und jetzt.

Nach vorne gebeugt, müde und hungrig, schwach von einer harten Nacht, gab der Älteste ein Zeichen. Bis zur nächst größeren Stadt, Kibuye, waren es fast zwanzig Kilometer. Aber sie hatten keine andere Wahl. Hier gab es nichts zu essen, kein frisches Wasser - außer dem Seewasser.

Schwerfällig und entkräftet machte sich ein Tross Menschen auf den Weg in Richtung Norden. Die Tutsi hofften, dass sie in Kibuye den Befreiern in die

Arme laufen würden. War nicht berichtet worden, dass fast ganz Ruanda schon befreit worden sei?

Sie kamen nur etwas weiter als bis zur nächsten Straßenbiegung. Der Blick wurde frei auf den Kivu. Er lag einem Meer gleich, ruhig und sanft auf der linken Seite. Heimat der Menschen seit Urzeiten. Heimat für Tutsi und Hutu gleichermaßen. Nun war über sein Wasser das Boot mit den französischen Soldaten verschwunden und damit wurde der See zum Hoffnungsfresser. Kinder weinten, der Weg war lange. Frauen wimmerten, sie fürchteten sich vor dem, was kommen konnte. Die Männer schwiegen. Sie folgten dem Anraten ihres Dorfältesten, der ihnen gesagt hatte, dass dies die beste unter all den schlechten Optionen war, die sie hatten. *Sie werden wiederkommen, die Soldaten aus Europa. Sie schicken Lastwagen mit Nahrungsmitteln, Busse, die uns holen.* Er wusste, dass es kein Versprechen war, auf das sie wirklich zählen durften.

Doch schienen sie ihr Wort gehalten zu haben. In der Ferne sah man Busse. Einen, zwei, drei, gar vier oder fünf. Es war wie eine Verheißung. Sie kamen um die Tutsi zu holen. Oder waren es am Ende die Tutsi-Rebellen, die nun auch den letzten Winkel Ruandas von den Schergen befreiten?

Niemand schien das Schlimmste zu befürchten. Die Müdigkeit wich der Hoffnung. Aus dem Lamentieren und Jammern wurden wieder leise Freudengesänge. Nur der Alte senkte den Kopf.

Kagabo hatte Schwierigkeiten Schritt zu halten. Er eilte so gut es ging hinter Papa und Jean Baptiste her. Maman war ein wenig weiter hinter ihnen. Plötzlich hielten alle an. Die Busse waren näher gekommen. Sie waren aber nicht leer. Darin war nicht der ersehnte Platz für die geretteten Tutsi. In den Bussen saßen auch keine Tutsi-Rebellen, die sie befreien wollten. Die Busse waren voller Interahamwe-Kämpfer.

Aggression. Hässliche Fratze des blinden Hasses. Alkoholvernebelte Blicke. Wie in Trance nahmen die Männer und Frauen wahr, was geschah. Türen wurden geöffnet und Männer in Uniformen sprangen aus den Bussen. Einige trugen Militäruniformen, andere die bunten Hemden der Interahamwe. Sie schrieen ihre hässlichen Parolen in den Morgenwind. *Bäume fällen! Arbeit vollbringen! Kakerlaken vernichten! Tut eure Arbeit!*

Es war das letzte Aufbäumen der Geschlagenen. Sie wussten, dass ihr Spiel zu Ende war. Kigali stand unter Dauerbeschuss. Die Regierungstruppen würden bald keinen Widerstand mehr leisten können. Es galt seine Arbeit noch zu erledigen, ehe es nicht mehr ging.

Die Männer grölten. Macheten wurden durch die Luft gewirbelt und jagten den Tutsi Angst und Schrecken ein. Es war ein Hinterhalt, denn als die ersten kehrtmachten, sahen sie, dass auch von der anderen Seite aus Richtung Gisuma Busse kamen. Auch aus diesen Bussen sprangen die Milizen.

Kagabo hörte seinen Vater schreien. *Bleibt bei mir!* herrschte er seine Söhne an. Sie hielten Ausschau nach Maman. Die war einige Meter weiter hinter ihnen und drehte sich gerade um. Sie wollte scheinbar sehen, was hinter ihr vor sich ging.

Dann brach überall lautes Geschrei aus und die Menschen strömten in alle Richtungen davon.

Männer trugen Kinder auf dem Rücken. Sie liefen zu den wenigen Stellen, wo man auf den Hügel fliehen konnte. Der Regen aber hatte alles rutschig und matschig werden lassen. Einige schafften es wenige Meter auf die Anhöhe, dann rutschten sie aus und rissen andere wieder zurück auf die Straße. Diejenigen, die von vorne attackiert wurden, versuchten sich umzudrehen und nach hinten zu fliehen. Dort aber kreischten bereits andere, die die Macheten der Interahamwe im Rücken spürten.

Jean Baptiste hatte seinen Vater im Gewühl aus den Augen verloren. *Papa!* schrie er laut. Mehrmals. Aber es kam keine Reaktion, der Schrei ging im Lärm des Wahnsinns unter.

Kagabo klammerte sich an seinen Bruder. Die Augen hatte das Kind weit aufgerissen. Er hatte bislang das Morden nicht aus nächster Nähe miterleben müssen. Und nun sah er wie die Macheten der Hutu-Power einen Tutsi nach dem anderen aus dem Leben rissen. Sie taten ihre Arbeit, sie verrichteten sie mit grässlicher Genauigkeit.

Das Blut färbte sie Straße rot. Es bahnte sich wie ein Rinnsal den Weg in Richtung Kivu. An der Straßenseite und im Graben lagen Tote. Man konnte sie nicht mehr zählen. Dazwischen die Männer in Uniform und mit den bunten T-Shirts. Sie feuerten sich selbst an. Es war der Irrsinn einer sich aufbäumenden Aggression. Wie wilde Tiere, die in die Enge eines Käfigs getrieben waren und im Angriff eine letzte blutige Möglichkeit der Freiheit sahen, rannten sie mit ihren Macheten auf die Tutsi ein. Nur welche Freiheit suchten sie? Und welche Freiheit hatten ihnen all diese unschuldigen Tutsi genommen?

Kagabos Herz raste. Er spürte den eisernen Geschmack von Blut auf der Lippe und würgte. Papa war verschwunden. Kagabo riss sich von Jean Baptiste los, weil er sah wie ein Hutu seine Mutter packte. *Lass Maman in Ruhe!* kreischte Kagabo. Es klang verzweifelt, wütend und voller Angst zugleich. Er rutschte auf einem Toten aus. Er kannte den Mann. Erneut überkam ihn ein Würgereiz. Aus dem Augenwinkel sah er seine Mutter zu Boden sinken, getroffen von einer Machete. Bald auch würde der erste Hieb seinem eigenen, kleinen Körper gelten. Er ahnte, dass es dann ein schmerzvolles Ende nehmen würde. Eine Frau flehte um ihr Leben, bot Geld und ihren Körper. Der Hutu-Kämpfer lachte ein schrilles, böses Lachen, ehe er der Frau das Leben aushauchte.

Kakerlaken-Tod, Kakerlaken-Tod! sangen sie. Es wurden immer weniger Tutsi, die noch am Leben waren. Ein Mann, Kagabo kannte ihn, riss ihn an sich. Es war ein Tutsi aus der Nachbarschaft. *Wo ist Papa?* fragte er. Der Tutsi hatte eine Waffe. Er hatte ein Gewehr. Um sich scharte er nun seine zwei eigenen Söhne, seine Frau und den fremden Jungen, der umgeben war von Blut und Sterbenden.

Er riss Kagabo fort. Ein Schuss aus dem Gewehr hielt die Angreifer in Schach. Zwei weitere Tutsi sammelten sich um den Mann und riefen *Der Herr sei gepriesen. Woher hast du das Gewehr?*

Es war keine Zeit zu antworten. Der Mann bahnte sich mit den drei Kindern, seiner Frau und einigen anderen den Weg durch das Chaos. Kagabo versuchte nicht aufzunehmen, was ihm alles vor die Augen kam. Das menschliche Gehirn war kaum in der Lage, diese Brutalität zu begreifen. Und das kindliche Empfinden war noch viel weniger bereit, sich dieser Gewalt zu fügen. Kagabo weinte. Er schluchzte.

Da. Plötzlich auf dem Boden, dort lag Jean Baptiste. Er lag mitten in einem Meer aus Toten. Aber er lebte. Blut. Kagabo musste zu ihm. Der Mann aber riss ihn fort. *Nicht, es macht keinen Sinn. Lass ihn.*
Aber er ist Jean Baptiste. Mein Bruder! Wieder riss der Mann an Kagabo. Hinter sich sahen sie zwei Männer mit bunten Hemden und den Macheten. Sie stachen wahllos auf die am Boden liegenden ein um sicher zu gehen, dass die gefällten Bäume am Boden blieben. Der Tutsi gab erneut einen Schuss ab um sich die Männer vom Leib zu halten.

Schwach bewegte sich Jean Baptiste. Er hob den Arm. In der Hand einen verknüllter Zettel. Den steckte er Kagabo zu. *Zu Onkel... Yves.* Mehr ließen die schwindenden Kräfte nicht mehr zu.

Der Tutsi schob die Kinder über den schlammigen Weg ein Stück den Hügel hinauf. Überall hinter den Büschen und Sträuchern hatten sich im Dickicht einzelne Tutsi versteckt.

Kagabo hielt die Hand eines fremden Jungen, der etwas kleiner war als er selbst. Er sprach nicht. Kein Wort. Auch Kagabo schwieg. Beharrlich. Kein Wort ließ sich mehr formen. Der Tutsi-Mann, der ihn aus dem Irrsinn geführt hatte, sprach ihn mehrfach an, aber Kagabo schwieg. Es war ein trauriger Gedanke, der ihn befiel. *Warum hat er mich nicht bei Maman und Papa gelassen?* Er wäre jetzt tot, müsste aber diese unendliche Trauer nicht mehr spüren. Die schnürte das Herz des Achtjährigen so sehr ein, dass er keine Luft mehr bekam. Er erbrach sich und schlief dann ein.

*

Als Kagabo wieder erwachte war es tiefe Nacht. Sie saßen immer noch im Wald. Aber es war Stille eingekehrt. Irgendwo flackerte ein Feuer. Die Kämpfer der Milizen waren abgezogen. Die Busse verschwunden.

Die Toten lagen als stumme Mahnmale des Völkernords unberührt an der Stelle ihres Sterbens. Keiner der Überlebenden hatte zu diesem Zeitpunkt die Kraft an das Begraben der Toten zu denken. Es waren zu viele. Und sie waren zu wenige, um sie zu bestatten. Aber sie weinten um ihre Verwandten, Freunde, Väter, Mütter, Söhne und Töchter. Sie beteten für die Toten. Selbst für die Mörder beteten sie, denn sie konnten nicht begreifen, dass Gott zugelassen hatte, was sie erlebt hatten.

Als die Nacht vorüber war, nahm der Mann seine Kinder, seine Frau und Kagabo an die Hand und stieg mit ihnen den schlammigen Pfad hinab zur Straße. Der Anblick, der sich dort bot, war nicht zu beschreiben. Kagabo hielt sich eng an der Mutter der beiden anderen Kinder. Und wieder fühlte er sich plötzlich wie ein ganz kleines Kind. Unbeholfen. Alleine. Und einsam.

Der Mann herrschte seine Frau an: *Sie sollen nicht hinsehen! Nicht hinsehen!*

Dann kletterten sie die Böschung hinab zum Ufer des Kivu-Sees. Dort setzte sich der Mann ans Wasser und überlegte. Er sprach leise mit seiner Frau. Die Kinder saßen etwas abseits. Auch hier sah man noch Leichen. *Wir müssen fort. Wir wissen nicht, ob sie zurückkommen. Vielleicht kommen auch die Tutsi-Rebellen und befreien uns. Nur wann? Wir können nicht zwischen all*

den Toten ausharren und hoffen. Wir müssen etwas tun. Ihr
wartet hier. Ich gehe ein Stück das Ufer entlang.

Gegen Mittag kehrte er zurück. Müde und schwermütig. Die Kinder hatten Angst gehabt, ihren Vater zu verlieren. In Kagabo war nichts als Leere. Der fremde Mann war zwar gütig zu ihm. Aber es war nicht Papa und es war nicht Maman und es war nicht Jean Baptiste. Sie allesamt waren tot. Langsam fraß sich dieses Ungetüm einen Weg in sein Bewusstsein. Tot. Tot. Tot. Ausgelöscht von den Macheten der Hutu-Power.

Der Mann nahm den Kleinsten auf den Arm und dann liefen sie alle das Ufer entlang. In unregelmäßigen Abständen stießen sie auf Leichen, die entweder von der Straße aus die Böschung heruntergefallen waren oder es waren die Überreste von Tutsi, die schwer verletzt noch bis zum Ufer des Kivu fliehen konnten und dort starben.

Kagabo sah das alles nicht mehr. Seine Wahrnehmung war verschleiert von den Tränen um Mutter, Vater und Jean Baptiste. Seine Trauer legte sich wie ein graues Band auf die Augen. Zwischen dem Dunkelgrau des Wassers und dem Tiefgrün des Waldes lag nichts als das monotone Geräusch des Marsches.

Bald erreichten sie ein Boot. Es lag etwas versteckt in einer Art Lagune. Seitlich bewachsen von Uferpflanzen. Der Tutsi warf sein Gewehr in das hölzerne Schiff und zog an ihm. *Hilf mir,* herrschte er seine Frau an. *Und du auch,* fauchte er zu Kagabo hinüber.

Sie zerrten an dem morschen Boot und schafften es so, das kleine Schiff in etwas tieferes Wasser zu treiben. Der Mann hob seinen kleinsten Sohn ins Boot. Dann den zweiten Sohn. Kagabo blickte zurück. Er hatte keine Wahl. Er wusste nicht, was der Tutsi-Mann vorhatte, aber trotz seines jungen Alters, war Kagabo klar, dass es nichts gab, was besser war, als die Flucht.

Er kletterte über die Außenwand des kleinen Holzbootes und drängte sich eng an die beiden Jungen. Dann half der Tutsi seiner Frau ins Boot. Sie schwiegen alle. Im Inneren des Boots lag eine Art Ruder. Der Tutsi stocherte damit im Wasser herum und trieb sie langsam auf den offenen See hinaus. Es war ein kleines Schiffchen, das kaum Platz für zwei Erwachsene und drei Kinder bot. Sie drohten zu sinken. Zudem drang Wasser durch die Seitenplanken ein.

Kagabo blickte zurück. In der Hand hielt er fest den Zettel, den ihm Jean Baptiste gegeben hatte. Es war das letzte, was er von seinem Bruder hatte.

Nach einer Weile merkte der Tutsi-Mann, dass auch von unten Wasser in das kleine Schiff eindrang. Er sah hinter Kagabo eine Kiste stehen. Sie war ebenfalls aus Holz. *Mach die Kiste auf und schau nach, was drin ist,* fuhr er Kagabo an.

Der tat, was man ihm sagte. Er zerrte am Deckel der Holzkiste. Der sprang erst nach einigen Versuchen auf. Ohne ein Wort zu sagen, hob Kagabo ein völlig zerschlissenes Fischernetz heraus.

Wirf es zusammen mit der ganzen Kiste über Bord, dann sind wir leichter.

Kagabo ließ das Netz zurück in die Kiste gleiten. Dann schloss er den quietschenden Deckel und riss am Griff der Truhe um sie etwas anzuheben. Das Boot schaukelte beträchtlich als die Kiste mit Getöse in den See rauschte.

Kagabo sah ihr nach wie sie hinter ihm langsam versank.

Epilog

Doktor Gasana reichte Almuth die Hand. *Es freut mich sehr, dass Sie beide wieder hier sind. Und noch mehr freut mich, dass auch Sie, Madame, wieder dabei sind.*

Mein Mann hat sich auf die Suche nach seiner Vergangenheit gemacht und wie Sie wissen war er erfolgreich.

Doktor Gasana nickte. Er fuhr Almuth langsam mit dem Arm über die Schulter, denn er spürte, dass Kagabos Vergangenheit besonders für sie eine große Herausforderung barg.

Kagabo stand auf der Veranda und sprach liebevoll mit Julian, der gerade dabei war einzuschlafen. Er zeigte dem Kleinen die Wolken und das traumhafte Licht des Sonnenuntergangs am Ufer des Kivu-Sees. Langsam begann der Kleine die Dinge zu begreifen.

In der Ferne konnte er die Lichter Gomas sehen. Gisenyi lag direkt an der Grenze zum Kongo. Die Lichter auf der anderen Seite der Bucht stammten von den Häusern aus Goma. Nicht weit von hier gab es Flüchtlingslager. War der Krieg in seinem Heimatland auch vorüber, so herrschte hier immer noch eine krisenhafte Anspannung. Wieso musste ein Landstrich, der von so atemberaubender Schönheit war so verletzt werden? Ruanda, Kongo, Burundi, Uganda... Überall dasselbe Bild. Je malerischer das Land, desto brutaler kämpfte der Mensch darin um seine Stellung. Mal gegen die Natur, geeint, meist gegen sich selbst und dann voller Hass und Brutalität verfeindet.

Das Essen ist fertig, Monsieur Kagabo, rief eine Stimme aus dem Haus. Doktor Gasana und seine Frau baten zu Tisch. Aus dem Haus drang leise Musik an das Ufer des Sees. Zudem nahm Kagabo den Geruch von gegrilltem Fisch wahr. Er fühlte sich auf einmal wie verzaubert von dieser Gegend. Er gab Julian, der mittlerweile eingeschlafen war einen Kuss und legte ihn in seine Tragetasche.

Dann rief er den anderen zu: *Ich komme gleich.* Er blickte noch einmal auf den dunklen See zurück. Und da erschienen sie noch einmal. Wieder standen sie alle vor ihm. Aber sie sprachen nicht. Diesmal sprach er. *Danke!* sagte Kagabo. Leise. Aber mit einem sanften Lächeln im Gesicht.

Nach dem Essen brachte Doktor Gasana eine Flasche Whiskey und stellte die Gläser ab. *Haben Sie sich alles gut durchgelesen, Kagabo?* fragte er. Kagabo nickte, gab das Papier Almuth und fragte sie: *Schatz?* Almuth lächelte und nickte. *Für dreimal je einen Monat im*

Jahr. Januar, Mai und Oktober. Es ist eine gute Entscheidung, Kagabo, fügte sie an. Er lächelte. *Und ich bin drei Monate im Land bei Grandmère.* Dann nahm er einen kleinen Schluck von dem Whiskey und unterschrieb den Vertrag, schob ihn Doktor Gasana zu. Der nickte freundlich, hob ebenfalls das Glas und prostete Kagabo zu.

Nadine Morgenbrink

LANDREFORM

Roman

Die junge Irin Dana hat ein Faible für Afrika.

Ein Besuch bei ihrer Freundin Enya in Namibia wird für sie zum Schicksal, das sie schlussendlich ins Nachbarland Simbabwe führt.

Dort lernt sie Farmer Erik kennen und erlebt nicht nur einen wunderbaren Sommer, sondern auch die dramatischen Folgen der Landreform.

572 Seiten, 16,99 Euro
oder als e-Book 9,99 Euro

ISBN: 978-3738-621884